여유,
내 소중한 삶을
위로하는 시간

삶의 속도를 늦추고 마음의 여유를 찾게 해줄 행복 메시지 100

여유,
내 소중한 삶을
위로하는 시간

최복현 지음

프리스마

여유,
내가 나답게 살아갈 수 있는 느림의 미학

요즘 바쁘다는 사람이 많습니다. 세상이 그만큼 빨리 돌아가고 있다는 말이겠지요. 초고속 시대, 이 속도는 점점 더 빨라지면 빨라졌지 느려지지 않을 기세입니다. 이렇게 세상 돌아가는 대로 살면 바쁘지 않은 날은 결코 오지 않을 겁니다. 바쁘지 않은 삶, 여유로운 삶을 원한다면, 삶의 방식을 바꿔야만 해요. 그렇다고 삶의 방식을 전부 바꾸라는 것은 아니에요. 빠르게 돌아가는 세상과 완전히 등지라는 말도 아니고요. 잠시 세상의 속도에서 벗어나 잃어버린 나를 돌아볼 수 있는 여유를 짧게라도 가져보라는 거예요. 이를테면 하루에 충분히 할 수 있는 소박한 일을 정해서 해보는 거예요. 이때 무엇보다 중요한 것은 지나치게 욕심을 부리지 않는 거예요. 어차피 아무리 열심히 노력한들 하고 싶은 일들을 다 할 수는 없으니까요. 그걸 인정하고 일정 기간에 할 수 있는 일을 정해 그것을 목표로 잡자는 것이지요. 그러면 바쁜 가운데서도 나를 잃지 않는 여유를 가질 수 있을 거예요.

나를 돌아보고 나답게 살 수 있는 여유, 그것은 진정한 승자의 삶입니다. 성실하고 부지런하되, 지나친 욕심에서 벗어나서 자신이 해야 할 일을 적절히 조절함으로써 얻어지는 정신적 편안함, 그것이 여유예요. 여유는 시간이 많다고 해서 주어지는 것이 아니에요. 여유란 바쁘냐 안 바쁘냐의 문제가 아니라는 말이에요. 바쁜 가운데서도 마음의 여유를 갖는 사람이 있는가 하면, 한가하면서도 마음이 분주한 사람이 있으니까요. 그건 마음의 문제입니다. 제가 말하고 싶은 것은 물리적·시간적·경제적 여유가 아니라 바로 마음의 여유예요.

마음의 여유를 갖기 위해 빨리 하던 모든 일을 포기하라는 말이 아니에요. 여유를 갖기 위해 빨리 하던 모든 일을 포기한다는 것은 큰 손해이며 비생산적인 어리석은 짓이에요. 여유는 생산적이어야 해요. 게으른 사람, 열정이 없는 사람, 불성실한 사람에게 여유란 의미가 없어요. 바쁘니까, 열정이 넘치니까, 누구보다 성실하고 부지런하니까 잠시 자신과 주변을 돌아봐야 한다는 것이지요. 이처럼 바쁘고 열정 넘치는 이들에게 꼭 필요한 것이 여유예요.

그런 사람일수록 잠시 마음을 내려놓고 욕심을 비우고 쉬어야 해요. 그래야만 바쁜 일상에 쫓겨 놓치고 있던 중요한 것들이 보이고, 자신이 안고 있던 문제들에 대한 해결책을 찾을 수 있으며, 무엇보다 소중한 나 자신을 돌아볼 수가 있어요.

여유는 근시안적으로 세상을 보면서 범하게 되는 시행착오를 줄이고, 세상사와 나 자신을 살펴서 삶을 제대로 살아가게 하는 생산적인 과정이에요. 따라서 무조건 서두르기보다 우선 마음을 다잡아야 해요. 마음을 다잡고 나면 마음의 여유를 얻을 수 있고, 그 여유로 창의적인 생각을 할 수가 있어요.

열심히 달려만 왔다면, 누구보다 열정적으로 살았다면, 지금은 잠시 멈추고 자신을 돌아봐야 해요. 그대로 달려가면 정신적 건강, 육체적 건강, 사회적 건강을 전부 잃을 수 있어요. 그 전에 문제를 잘 파악하고 자신을 미리 추스를 수 있어야 해요.

정상을 올라갈 때 '빨리빨리'만을 외치며 올라갔다면, 이제는 완만한 길을 걸으며 주변을 둘러보고 자신의 삶에서 누릴 수 있는 것들을 찾아 누려야 해요. 나중에 여유가 있을 때 뭔가를 누리겠다고 자꾸 뒤로만 미루면, 여유는 영원히 찾아오지 않아요. 지금 여유를 누려야 여유로워요. 삶에서 많은 것을 추구하기보다는 삶의 질을 생각해야 해요. 지금 가지고 있는 자신의 것을 제대로 사용할 줄 알아야 하고, 자신이 갖추어놓은 것을 숨겨두거나 아끼기보다는 다른 사람과 나눌 줄도 알아야 해요. 그런 마음가짐으로 산다면 당연히 여유는 찾아와요.

갑자기 빠른 삶의 속도를 느리게 바꾸려면 불안할 테지요. 그럼에도 불구하고 이제는 느려져야만 해요. 빠르면 빠를수록 불안은 더 가중될 테니까요. 반대로 무엇이든 조금씩 늦춘다면 오래지 않아 오히려 불안감은 줄어들 거예요. 사람의 심리란 빠르면 빠를수록 더 빨라지고 싶은 욕망이 커지게 마련이고, 속도를 늦추면 차츰 그 느림을 수용하게 되어 있어요. 그 느긋함이 행복한 마음을 갖게 해요.

이제는 물질 중심에서 사람 중심으로, 속도 중심에서 삶의 질 중심으로, 성과 중심에서 행복 중심으로 옮겨가야 해요. 무엇보다 인생의 목적이 무엇인지를 생각하자는 것이지요. 이제는 진정한 행복에 관심을 가져야 해요. 빠르고 편리한 게 반드시 우리를 건강하고 행복하게 해주지는 않아요. 오히려 느리고 불편한 것이 우리를 건강하게 하고 행복하게 해요.

자, 이제 저와 함께 삶의 속도를 늦추고 지금까지 보지 못했던 자신과 주변의 소중한 것들을 생각하는 시간 속으로 떠나보실까요.

2015년 4월 봄의 문턱에서
최복현

| 차례 |

CHAPTER 1
조용히 나를 돌아보는 시간

내가 나를 쉬게 해야 하는 이유

도시의 아침, 특히 서울의 아침 시간에 거리에 나가보면 모두들 정신 없이 바쁘다. 전철 환승역에서 만나는 사람들의 표정은 마치 전쟁터로 향하는 전사들처럼 무겁기만 하다. 조금이라도 빨리 가기 위해 닫히는 전철 문의 작은 틈새로 몸을 억지로 들이민다. 이렇게 아침부터 사람들은 아주 바빠 움직인다. 어떻게 보면 그런 삶이 생동감 있어 보이지만, 다른 한편으로 자신의 정체성을 잃고 뭔가의 노예가 되어 살아가는 것처럼 느껴진다.

"사람들은 일반적으로 바빠 서두르는 경향이 있다. 사람들은 바빠 서두름으로써 자기 자신에게서 도망치려 하고, 자신의 불행을 숨긴 채 스스로 만족하며 행복한 사람인 양 행동한다. 혼자 고요히 있을 때, 혹시 듣고 싶지 않은 어떤 소리가 들려오지 않을까 두려워한다. 그래서 우리는 고요함을 싫어하고 사람들과 어울려 떠들면서 자신의 영혼을 만족시키려고 한다"는 니체(Friedrich Nietzsche)의 말처럼 우리는 바쁘다는 이유로 삶의 의미가 무엇인지, 우리 삶의 진정한 가치가 무엇인지 생각할 틈도 없이 살아간다. 그러다 보니 내가 제대로 살고 있는지, 진정한 내 자리에 나를 자리매김하고 있는지, 내 삶의 의미와 존재 이유에 대해 생각하지 못하고 살아간다.

엄청나게 빠른 속도로 진화한 컴퓨터로 많은 정보를 빨리 얻고 있으면서도 마음은 전보다 더 바쁘다. 예전 같으면 6시간은 족히 걸렸을 거리를 이제는 교통수단이 빨라져서 3시간이면 갈 수 있는데도 마음은 더 바쁘다. 우리 삶은 자전거 페달을 밟는 것처럼 바삐 움직이면 움직일수록 더 바빠진다. 이렇게 바쁜 마음으로 살다 보면 행복한 일이 있어도 행복한 줄 모른다.

"사람들은 일반적으로 바빠 서두르는 경향이 있다.
사람들은 바빠 서두름으로써 자기 자신에게서 도망치려 하고,
자신의 불행을 숨긴 채 스스로 만족하며 행복한 사람인 양 행동한다.
혼자 고요히 있을 때, 혹시 듣고 싶지 않은 어떤 소리가 들려오지 않을까 두려워한다.
그래서 우리는 고요함을 싫어하고 사람들과 어울려 떠들면서
자신의 영혼을 만족시키려고 한다."
- 니체 -

산의 푸름과 산에서 부는 바람의 상쾌함을 제대로 느끼려면 잠시 걸음을 멈추고 헐떡이는 숨을 고르며 산 아래를 내려다보아야 한다. 그래야 산의 진정한 멋을 알 수 있다. 이처럼 우리 삶에도 잠시 멈춤의 순간들이 필요하다. 그 멈춤의 순간이 휴식이다. 휴식의 주된 목적은 싫은 일을 잠시 피하기 위한 것이 아니라 새로운 마음으로 일을 즐기기 위한 것이어야 한다. 잠시 일에서 손을 놓고 자신이 하고 있는 일에 진정한 의미를 부여함으로써 일에 대한 자부심을 갖고 일을 즐길 수 있다. 휴식을 통해 피로했던 몸에 활기를 불어넣고 마음을 한결 가볍게 해야 한다. 휴식을 취하고 나면 일단 몸과 정신이 가벼워야 한다.

　그런데 주말에 휴식을 취했는데도 월요일에 오히려 몸이 더 무겁고 찌뿌듯하다면 문제다. 휴식을 취하고도 몸이나 정신의 피로가 풀리지 않았다면 그것은 진정한 휴식이 아니다. 휴식이란 몸을 움직이지 않고 마음껏 잠을 자면서 보내는 시간을 의미하는 것이 아니다. 진정한 휴식이란 자신의 일에서 잠시 벗어나서 하던 일을 멈추고 새로운 마음으로 일을 계속하기 위한 몸과 마음의 활력을 얻는 시간이어야 한다.

　일에서 벗어난다는 것은 움직임을 멈추라는 의미가 아니라 다시 일을 할 수 있는 활기를 불어넣어줄 또 다른 일을 즐겁게 하라는 것이다. 예를 들면 축구선수에게 축구는 운동이 아니다. 그것은 일이다. 축구선수가 축구 이외의 다른 경기를 즐긴다면 그것이 운동이고, 휴식이다. 정신노동을 하는 사람이 운동을 한다면 그것 자체가 휴식이다. 육체노동을 하는 사람이 독서를 한다면 그것 자체가 휴식이다. 이처럼 휴식은 몸을 아무것도 하지 않도록 내버려두는 것이 아니며, 정신을 아무 생각 없이 그대로 방치하는 것을 의미하지 않는다. 바쁜 일상에서 잠시 벗어나 평상시 하던 일이 아닌 다른 활동을 통해 몸과 마음이 활기를 되찾게 만드는 것, 그것이 진정한 휴식이다. 이러한 휴식을 취하지 못하고 휴일 내내 잠만 자며 보낸다면, 월요병으로 더 힘든 한 주를 맞게 될 테니, 그런 휴식이라면 오히려 노동만도 못하다. 휴식에도 나름의 원칙과 지혜가 필요하다.

아무리 힘든 육체노동이라도 마음이 즐거우면 그 노동 자체를 즐기면서 할 수 있다. 반면, 간단한 정신노동이라도 육체가 피로하면 힘겹게 마련이다. 이처럼 정신과 육체의 상태를 최상의 상태로 끌어올려 즐겁고 창의적이며 효율적으로 일하기 위해서는 휴식이 필요하다.

휴식은 열심히 일한 사람만이 누릴 수 있는 특권과 같은 것이다. 열심히 일하지 않은 사람은 휴식의 진정한 가치를 알기 힘들다. 휴식은 다시 일을 할 때 보다 활기차고 창의적으로 할 수 있도록 돕는 시간이다. 휴식은 일의 중단이 아니라 일의 한 과정이다. 다시 일로 돌아왔을 때 보다 즐겁고 효율적으로 일을 처리하기 위한 과정인 셈이다.

일에서 잠시라도 완전히 해방되어 일에 대한 생각을 잊고 여가활동을 하면서 일에서 나를 완전히 떼어놓는 것, 그것이 휴식다운 휴식이다. 지금 하고 있는 일과의 완전한 단절을 통해 일에 대한 새로운 시각을 찾고 일과 더욱 친해지는 기회로 삼을 수 있다면, 이것이야말로 생산적이고 효율적인 진정한 휴식이다.

행복은 내 안에 있으니
세상을 바라보는 시각을 바꾸라

우리 삶의 궁극적 목적은 행복이다. 누구나 행복을 추구하며 산다. 그러면서도 행복이란 무엇이며, 어떻게 살아야 행복한지, 그러한 것조차 생각할 여유 없이 살고 있다.

미국의 대부호 데일 카네기(Dale Carnegie)는 자신의 저서 『행복론』에서 이렇게 말했다.

"행복의 유일한 방법은 감사를 바라지 않으며 남에게 '주는 기쁨'을 갖는 데 있음을 기억하라. 당신의 고민거리를 헤아리지 말고 당신이 받은 축복을 헤아리라. 남을 모방하지 말라. 자기 자신을 발견하고 자기답게 살라. 인생에서 가장 중요한 일은 자기가 얻은 것을 자본으로 삼는 일이 아니다. 참으로 중요한 것은 손실로부터 유익을 얻는 일이다. 다른 사람에게 흥미를 가짐으로써 피곤한 자기 집중에서 벗어

"행복과 불행은 그 분량이 미리 정해져 있는 것이 아니다.
다만 그것을 받아들이는 사람의 마음에 따라서 커지기도 하고 작아지기도 한다.
곧 현명한 사람은 큰 불행도 작게 처리하고,
어리석은 사람은 작은 불행도 현미경처럼 확대하여 스스로 큰 고민에 빠진다."
- 프랑수아 드 라로슈푸코 -

나라. 다른 사람의 얼굴에서 웃음을 띠울 일을 한 가지씩 하라."

우리 인간은 누구나 행복하게 사는 것을 지상의 목표로 삼고 있다. 버나드 쇼(George Bernard Shaw)는 "행복이란 우리에게 부산물로 주어지는 것이다"라고 했다. 행복이란 최선을 다해 긍정적으로 살아가다 보면 저절로 주어지는 보너스와 같은 것이다.

프랑스 작가 프랑수아 드 라로슈푸코(François de La Rochefoucauld)는 이렇게 말했다.

"행복과 불행은 그 분량이 미리 정해져 있는 것이 아니다. 다만 그것을 받아들이는 사람의 마음에 따라서 커지기도 하고 작아지기도 한다. 곧 현명한 사람은 큰 불행도 작게 처리하고, 어리석은 사람은 작은 불행도 현미경처럼 확대하여 스스로 큰 고민에 빠진다."

지금 행복하지 않다면 우리 삶의 태도를 바꾸고 마음의 방향을 전환해야만 한다. 행복은 내 안에 있으니 세상을 바라보는 시각을 행복 모드로 바꾸어야 한다. "같은 꽃밭에서 꿀벌은 단맛을 빨아들이고 땅벌은 쓴맛을 빨아들인다"는 영국 속담처럼 행복은 자신의 인생관에 달려 있다.

"행복은 자기가 지배할 수 있는 소유권 내의 물건을 사랑할 수 있는 사람의 것이다. 남의 주머니에 든 물건을 탐내지 않는다는 것이 행복의 중요한 조건이다"라는 로렌스 굴드(Laurence McKinley Gould)의 말처럼 내가 가질 수 있는 것, 내가 할 수 있는 한도 내에서 만족하려는 자세를 갖는 순간 우리는 행복할 수 있다. 우리가 행복할 수 있는 조건은 삶에 대해, 사람에 대해 감사하는 마음을 갖는 것이며, 자신감을 가지고 지금의 상황에 대처하는 긍정적인 삶의 태도를 갖는 것이다. 행복의 조건은 내 안에 있으며 내가 만들어가는 것이다.

이제 앞으로 달려만 가지 말고 내 안에 있는 행복의 길을 우선 찾자. 행복해지는 방법을 생각하자. 그러면 그 순간부터 우리는 행복의 길로 들어서는 것이다.

내일 더 생산적으로 일하기 위해
오늘은 쉬자

일에 매달려 고개를 제대로 쳐들지 못했다면, 휴식을 고개를 쳐들고 보다 멀리 그 일을 관망하며, 미래의 설계를 멋지게 하는 기회로 삼자. 휴식을 통해 회복한 에너지를 활용하여 신선한 아이디어를 내고, 보다 열정적으로, 보다 생산적으로 일을 하자.

"산의 푸름을 바라보려면 산으로 오르는 오솔길에서 벗어나 산마루를 올려다보아야 한다"라는 생텍쥐페리(Antoine de Saint-Exu-péry)의 말처럼, 우리는 평소에 제대로 보지 못했던 자신의 삶을 때때로 돌아봐야 한다. 그래야만 제대로 살고 있는지, 지금 하고 있는 일을 제대로 하고 있는지 알 수 있다. 그러므로 바쁘다는 핑계로 못 했든, 하는 일이 버거워서 못 했든, 자기점검을 충분히 해야만 한다. 그렇지 않으면 언젠가 지금 하는 일이 한계에 부딪혔을 때, 그리고 어느 날 문득 자

일 속에 파묻혀 있으면 그 일을 제대로 볼 수 없다.
일에서 일정 거리를 두고 바라봐야 생산적인 일의 방법을 발견할 수 있다.
진정한 휴식은 섬을 통해 생산성을 높이는 과정이다.

신을 돌아보게 될 때 때늦은 후회를 하게 될 것이다. 따라서 쉴 때는 제대로 쉬고 일할 때는 창의적인 방법으로 해야 한다.

일을 잘하려면 얼마나 집중을 잘 하느냐, 얼마나 창의적으로 일하느냐가 중요하다. 어떤 일에 투자하는 시간이나 거기에 쏟는 힘이 일의 생산성에 비례하는 것은 아니다. 그보다는 일에 대한 열정과 집중, 창의적인 방법이 일의 생산성을 높일 수 있다. 따라서 일을 잘하려면 무조건 일에만 몰두할 것이 아니라 보다 효율적이고 생산적으로 일하려고 노력해야 한다.

그렇기 때문에 휴식이 필요한 것이다. 일에 너무 가까이, 아니 일속에 파묻혀 있으면 그 일을 제대로 볼 수 없다. 일에서 일정 거리를 두고 바라봐야 생산적인 일의 방법을 발견할 수 있다. 진정한 휴식은 쉼을 통해 생산성을 높이는 과정이다.

바로 앞만 바라보며 일을 하면 일의 전체 윤곽을 파악할 수 없어 효과적이지 못하다. 반면 일의 전체 윤곽을 알고 하면 그 일을 보다 효율적으로 처리할 수 있다. 그러므로 휴식을 일에서 벗어나 지금 하고 있는 일이 생산적인지, 비생산적인지를 냉정하게 판단하는 기회로 삼아야 한다. 그러면 타성에 젖어 기존의 잘못된 방식을 고수하는 데서 벗어나 보다 새로운 효율적인 방식을 찾을 수 있다. 휴식은 주어진 일을 제대로 바라볼 수 있는 시간, 자기점검을 확실히 할 수 있는 시간인 것이다. 잠시 일에서 벗어나 자신에게 주어진 자유로운 시간을 통해 그동안 일에만 몰두하느라 지치고 힘들어서 보지 못했던 것들을 바로 볼 수 있는 기회이자, 복잡한 일을 단순하게 볼 줄 아는 마음의 여유를 되찾는 시간이 바로 휴식이다.

또한 휴식을 주변 사람들과의 관계를 재정립하는 계기로 삼는 것도 좋다. 우리는 일하느라 정작 인생에서 중요한 인간관계를 소홀히 하기도 한다. 소중한 사람들과의 소원해진 관계를 회복하기 위한 기회로 휴식 시간을 활용하는 것도 좋은 방법이다. 그들과 함께하는 시간을 우선 갖자. 가족과 함께 여행을 떠나도 좋다. 그들과 함께하며 하지 못했던 이야기도 나누고, 서로를 이해하는 시간을 갖자. 그동안 하지 못했던 소통을 하자. 주변 사람들과 관계가 좋아야 생활의 에너지도 넘치고, 생산적인 아이디어도 샘솟기 때문이다.

그러나 그 시간이 휴식 시간의 절반이 넘지 않도록 지혜롭게 조절하자. 나머지 반은 자신에게 할애하자. 바빠서 잊고 살았던 정작 중요한 것들을 다시 점검하려면, 혼자만의 시간이 꼭 필요하다.

혼자 산에 오르거나 둘레길이라도 걸으면서 자신을 돌아보고 자신을 정리하는 시간을 가져야 한다. 그렇게 자신의 내면을 들여다봐야 자신과 자신의 일을 제대로 볼 수 있다. 이러한 자기점검을 통해 근시안적인 현재에서 벗어나 보다 멀리 바라보며 미래를 설계할 수 있다.

하루만 살고 말 것처럼 살 게 아니라 단 하루를 살아도 백 년을 사는 것처럼 보다 큰 생각으로 살아야 보람 있는 삶을 엮어갈 수 있다. 그러기 위해서는 잠깐이라도 일에서 벗어나 휴식을 취하는 것이 필요하다. 휴식은 보다 생산적이고 창의적으로 일하기 위해 방전된 에너지를 재충전하는 시간이다. 나름대로 휴식 시간을 생산적으로 보낼 수 있는 방법을 생각해보자.

휴식은 자신을 들여다보고, 자신의 미래를 멀리 내다볼 수 있는 소중한 시간이다. 휴식을 그저 일을 멈추고 산과 강 또는 해외로 놀러

가는 것으로만 생각해서는 안 된다. 모처럼 주어진 휴식 시간을 잘못 이용하여 완전히 파김치가 될 정도로 지쳐버리면 모든 것이 제자리를 찾기는커녕 더 흐트러지게 된다. 이런 휴식이 되어선 곤란하다. 몸이 지치도록 여기저기 다니기보다는 우선 지친 몸에 다시 활기를 불어넣을 수 있는 방법을 택하고, 진짜 휴식다운 휴식을 취해야 한다.

휴식을 그저 놀러 가는 것, 캠핑 가는 것, 여행을 떠나는 것만으로 생각하지 말자. 많은 사람에게 시달렸다면 조용히 혼자서 시간을 보내는 것도 좋을 것이고, 일에만 파묻혀 지쳤다면 잠시 일을 내려놓고 소중한 사람들과 함께하며 그들로부터 위안과 새로운 삶의 활력을 얻을 수도 있을 것이다. 무조건 놀러 가거나 여행을 떠나는 것만이 휴식이라고 생각해서는 안 된다.

휴식 시간은 어디까지 방전된 에너지를 보충하는 시간, 일에 지친 자신을 추스르는 시간, 자신의 일을 보다 멀리 깊게 바라보는 시간으로 삼아야 한다. 일터로 돌아왔을 때 그렇게 회복한 에너지는 신선한 아이디어의 원천이 되고 다시 열정적으로 일할 수 있는 힘이 된다.

일상화된 과속에서 벗어나
삶의 경제속도를 찾자

여유에는 공간적인 여유도 있고, 시간적인 여유도 있다. 일상에서 이야기하는 여유는 공간적인 여유라기보다는 시간적인 여유를 말한다. 물론 이 시간적인 여유는 마음의 여유를 이야기한다. 여유의 사전적 의미는 "시간이나 공간적으로 넉넉하여 남음이 있는 상태"를 가리킨다. 이를 마음의 여유로 끌어다 붙이면 "느긋하고 차분하게 생각하거나 행동하는 마음의 상태. 또는 대범하고 너그럽게 일을 처리하는 마음의 상태"로 나타낼 수 있다.

그런데 여유를 누리는 사람은 남에 비해 일이 적어서 여유가 있는 것이 아니다. 어떤 사람은 할 일이 많지 않은데도 늘 분주하고 바쁜 것 같다. 게다가 얻는 결과도 신통치 않다. 반면 여유 있게 살아가는 것 같으면서도 자기 할 일을 충분히 다 하는 사람이 있다. 여유 있는

우리는 이제껏 인생이라는 길 위를 달려오며 과속을 하고 있다.
과속의 원인은 남보다 더 높이 오르려는 욕망,
더 빨리 앞서가려는 욕망, 더 많이 가지려는 욕망에서 기인한다.
이제 우리는 과속으로 치달으며 여유를 잃고 살았던 생활에서 벗어나
삶의 경제속도를 찾아야 한다.
삶의 경제속도를 되찾고 삶의 여유를 찾으려면 우선 멈추어야 한다.

마음을 갖느냐 그렇지 않느냐는 일이 많으냐 적으냐와 관계가 없다. 그것은 일에 대한 어떤 철학을 가지고 있느냐, 쉽게 말하면 어떤 마음을 가지고 일에 임하느냐에 달려 있다.

여유를 가지고 일하는 사람은 실수나 시행착오를 줄일 수 있다. 반면, 여유 없이 일하는 사람은 분주하기만 하고 실수가 많아서 오히려 일이 더 늦어지는 경우가 많다. 그러니 무슨 일을 대하든 여유를 가져야 한다. 이 여유를 가지려면 일을 하기 전에, 그리고 일을 하면서 생각을 해야 한다. 생각 없이 일하는 것이 아니라 어떻게 하면 일을 생산적으로 할 수 있을까를 생각하며 일해야 한다.

우리는 이제껏 인생이라는 길 위를 달려오며 과속을 하고 있다. 과속의 원인은 남보다 더 높이 오르려는 욕망, 더 빨리 앞서가려는 욕망, 더 많이 가지려는 욕망에서 기인한다.

이제 우리는 과속으로 치달으며 여유를 잃고 살았던 생활에서 벗어나 삶의 경제속도를 찾아야 한다. 삶의 경제속도를 되찾고, 삶의 여유를 찾으려면 우선 멈추어야 한다.

우리는 늘 행복을 곁에 두고 살면서도 바쁘다는 이유로 행복이라는 단어조차 망각한 채 살고 있다. 삶의 기쁨을 알려면 삶의 속도를 늦추고 마음의 여유를 가져야 한다. 마음의 여유를 갖고 싶은 사람이라면 우선멈춤이 필요하다.

남을 따라 달려야 한다는
강박관념에서 벗어나라

바쁘다, 한없이 바쁘다. 남이 바쁘니까 나도 바쁘다. 가만히 생각해보니 그저 덩달아 바빴을 뿐이다. 그런 내 모습이, 내 삶의 태도가 우습다. 나답게 살아가려면 이 바쁨의 연쇄고리를 끊어야 한다.

그래, 내가 먼저다. 내가 느리면 누군가 느린 사람이 생길 거다. 그런데 그게 쉽지 않다. 남 따라 안 하면 괜히 불안하다.

잘 알려진 우화 중에 이런 이야기가 있다. 사과 한 알이 떨어지자 놀란 토끼가 달아나기 시작한다. 이를 시작으로 숲 속의 동물 모두가 도망치기 시작한다. 숲 속은 일대 혼란에 휩싸인다.

이 우화처럼 우리도 누군가 바삐 움직이면 덩달아 바쁘다. 연쇄반응이 일어나 모두가 바삐 움직인다. 그 흐름을 누군가 멈추어야만 하는데, 그런 사람이 없다.

사람에 따라 세상에서 몇 년을 사느냐의 차이는 있지만, 시간은 누구에게나 공평하게 주어진다. 누구나 하루를 살면 시간으로는 24시간을, 분으로는 1,440분을, 초로는 8만 6,400초를 배당받는다.

같은 시간을 보내면서도 어떤 사람은 정신없이 바쁘게 살고, 어떤 사람은 여유 있게 생활한다. 바쁘다는 것과 여유 있다는 것은 주어진 시간을 어떻게 이용하고 있느냐의 차이다.

우리 삶은 자전거 바퀴를 돌리는 것과 같다. 밟으면 밟을수록 점점 빨리 나아간다. 나아가는 만큼 주파한 거리는 길어진다. 그러면 그만큼 다시 돌아와야 하는 시간이 필요하기 때문에 더욱 바빠진다.

하지만 많이 달렸다고 해서 생산적인 것은 아니다. 현대 사회는 얼마나 많은 것을 가지고 있느냐보다는 얼마나 가진 것을 유용하게 쓰느냐가 능력의 척도다. 누가 얼마나 멀리 이동했느냐가 중요한 것이 아니라 누가 적절한 거리를 이동했느냐가 중요하다. 초고속이 중요한 것이 아니라 삶의 경제속도가 중요한 것이다.

빨리 움직이려는 마음, 많이 이동하려는 마음, 많이 가지려는 마음에서 벗어나지 않는 한 삶에서 여유를 찾기는 불가능하다.

오늘날 우리는 초고속 시대를 살아가고 있다. 공간의 이동도 빨라졌고, 인터넷의 속도도 빨라졌고, 그에 따라 정보의 흐름도 아주 빨라졌다. 이렇게 '빨리빨리'를 위한 모든 활동들은 시간 절약을 전제로 하고 있다. 모든 것이 시간을 절약하기 위해 기계화·전산화되었지만, 우리의 일상은 더 바빠졌고, 더욱더 빠른 속도를 요구하고 있다.

우리는 삶의 경제속도를 위반하고 있다. 자동차가 경제속도를 넘으면 연료가 빨리 연소되는 것처럼, 우리가 삶의 경제속도를 넘으면 삶

의 에너지가 빨리 소모되어 오래지 않아 탈진하고 말 것이다. 경제속
도를 넘는 자동차가 위험에 노출되어 있듯이 우리 또한 과로의 위험
에, 스트레스의 위험에 노출되어 있는 것이다.

　진정 여유를 찾으려면 지금 초고속으로 달리는 열차 위에서 내려
야만 한다. 시간은 절약하여 어디에 비축해둘 수 있는 것이 아니다. 그
런데도 현대인들은 시간을 절약하려고 무진 애를 쓴다. 시간은 흘러
가면 그뿐이다. 시간은 절약의 대상이 아니다. 시간을 절약해야 한다
는 강박관념, 빨리빨리 서둘러야 한다는 강박관념, 남을 따라 달려야
한다는 강박관념에서 벗어나자. 지금 우리에게는 이 바쁨의 연쇄고리
를 끊는 용기가 필요하다.

슬기로운 휴식을 취할 줄 아는
지혜가 필요하다

새를 새장에 오랫동안 가둬두었다가 꺼내놓으면, 한동안 어찌할 바를 몰라 하며 제대로 날지 못한다. 이처럼 바쁜 세상에서 살고 있는 우리도 막상 일에서 잠시 벗어나 자유로운 시간을 갖게 되면 그 시간을 어떻게 써야 할지 모른다.

휴가를 이용해 밀어놓았던 집안 정리를 하는 것은 일의 연장이지 휴식이 아니다. 쉴 때는 확실하게 쉴 줄 알아야 한다. 그렇게 끊고 맺는 훈련을 확실히 해야 여유를 찾을 수 있다. 자유 시간이 주어지면 그것을 아주 보람 있고 멋지게 사용할 줄 아는 사람만이 자유를 누릴 자격이 있다.

1주일에 5일을 근무하고 휴일을 맞으면, 그 소중한 시간을 나름대로 적절하게 사용하기보다는 무조건 놀러 다니는 일로 보내고 마는 이들이 많다. 쉴 때 쉬고 다른 한편으로는 미래지향적으로 그 섬을 누릴 줄도 알아야 한다. 그런데 우리는 그 자유가 너무 낯설어서 보람 없는 일들로 그 시간을 허비하는 경우가 많다.

"언제나 열심히 일만 하는 사람의 고충은, 자유 시간을 얻으려고 무리해가면서 열심히 일한다는 것이다. 그러나 막상 그 자유 시간을 얻고 나면 그 시간을 어떻게 보내야 할지 몰라서 우물쭈물하다가 소중한 시간을 다 보내고 만다"고 니체는 말했다.

일이 많은 사람일수록 휴식은 더 필요하다. 너무 일에만 몰두하면 자신의 건강을 해칠 뿐 아니라, 주위 사람들마저도 불편하게 만들어서 유지되던 평화를 깨뜨릴 수도 있다. 실제로 5일제 근무가 시행된 이후로 가정의 불화가 늘어나고 가정이 깨져 이혼율이 높아지고 있다는 이야기도 들린다.

능력이 있는 사람은 미친 듯이 뛰어다니는 바쁜 사람이 아니라, 여유를 가지고 자기 일을 묵묵히 해내는 조용한 사람이다. 바쁜 듯이 주위 사람들에게 부담을 주기보다는 자기 내공을 쌓아서 아무리 바빠도 바쁜 티를 내지 않으며 살아야 한다. 공치사하지 않으며, 남이 알아주든 말든 주어진 일을 묵묵히 해나가야 한다. 자신과 주위를 위해서도 슬기로운 휴식을 취할 줄 아는 지혜가 필요하다.

자신을 돌아보는 시간을 가져라

벌이 붕붕거리며 날개를 파닥이는 이유는 부지런해서가 아니라 그렇게 움직이지 않고는 날 수 없기 때문이다. 그런데 큰 새를 보면 날개를 그다지 부지런히 움직이지 않는데도 벌보다 훨씬 빨리 그리고 더 멀리 날아간다. 재빠른 작은 움직임보다는 느리지만 큰 움직임이 더 경제적이지만, 타고난 것을 어떻게 할 수는 없다. 자신의 처지와 능력을 잘 판단해서 살아가는 것이 중요하다.

한 사람이 혼자서 사막을 여행하고 있었다. 날이 어두워지기 전에 마을에 도착해야만 했다. 설상가상으로 목이 너무 말랐다. 오아시스라도 나타났으면 하고 바랐으나 사방을 둘러봐도 모래산뿐이었다. 그는 불안과 공포에 사로잡혀 걸음을 재촉했다. 마침 사람의 발자국을

바쁘게 살다 보면 때로는 자신을 망각하고 살 때가 많다.
늘 시행착오만 되풀이하며 제자리를 맴돌고 있으면서도 그것을 알지 못한다.
그렇다면 자신이 지금 어떤 모습인지,
자신이 지금 어떤 상황에 놓여 있는지 알기 위해서는 어떻게 해야 할까?
우선 마음을 내려놓고 자신을 돌아보는 시간을 가져야 한다.

발견한 그는 안도의 한숨을 내쉬었다.

그는 그 발자국을 따라가면 마을이 나타나리라고 기대하며 열심히 걸어갔다. 그러나 아무리 걸어도 마을은 보이지 않았다. 밤이 되자 섬뜩한 생각에 그 발자국을 자세히 보았다. 놀랍게도 그 발자국은 자신의 발자국이었다. 그는 계속 제자리를 맴돌고 있었던 것이다.

바쁘게 살다 보면 때로는 자신을 망각하고 살 때가 많다. 늘 시행착오만 되풀이하며 제자리를 맴돌고 있으면서도 그것을 알지 못한다. 우리에게 어떤 아픔의 날이 닥쳐올지 모르면서 자족하고 있을 수도 있다. 그렇다면 자신이 지금 어떤 모습인지, 자신이 지금 어떤 상황에 놓여 있는지 알기 위해서는 어떻게 해야 할까?

자신의 현 상태를 파악하려면 우선 마음을 내려놓고 자신을 돌아보는 시간을 가져야 한다. 그 누구도 내 인생을 대신 살아주지 않는다. 잠시 푸른 저 들녘을 바라보며 마음을 다독일 줄 알아야 한다.

지금 나 혼자만이 제대로 잘살고 있다고 자만하거나 자족하고 있지는 않은지 돌아보아야 한다. 내 삶의 속도를 높여가는 것보다 더 중요한 것이 무엇인지 돌아보며 진정한 삶의 의미를 생각해보아야 한다.

삶의 문제를 자문자답하는
시간을 가져보라

누구나 바쁠 때는 그 일에만 몰두할 뿐 주위를 돌아보지 않는다. 그래서 늘 제자리만 빙빙 돌 뿐, 더 이상 앞으로 나가지 못한다. 설사 앞으로 나아간다 해도 속도는 이내 둔화되고 더 이상 전진하지 못하게 된다.

자신을 제대로 알고 있어야 지속적인 발전을 할 수 있다. 그런데 바쁘게만 살다 보면 자신을 제대로 알지 못한다. 거울을 들여다봐야 자기 모습을 확인할 수 있듯이, 자신을 들여다봐야 자신의 현주소를 확인할 수 있다.

여유가 있어야 자신의 정체성을 확인할 수 있고, 자신에게 던지는 질문을 통해 자신의 현재를 알 수 있다. 자신을 알려면 조용히 자신에게 질문을 해보아야 한다. 세상의 비밀을 알려면 자신에서부터 출발해야 한다는 것을 잊어서는 안 된다.

세상을 보는 눈은 바로 나 자신에게 있다. 내가 알고 있는 남은 참 남이 아니며, 나를 먼저 알아야 타인을 제대로 볼 수 있다.

아리스토텔레스(Aristoteles)가 "일하는 진정한 목적은 한가로움을 얻기 위한 것이며, 한가로움은 자유로움과 자매 관계이다"라고 말했듯이, 일은 마음의 자유를 얻는 도구다.

영화감독 루이스 부뉴엘(Luis Bunuel)은 이런 말을 했다.

"만일 누군가가 내게 '당신이 20년밖에 못 산다면 그동안 무엇을 하겠느냐?'고 묻는다면 나는 '하루 2시간만 일하고 나머지 시간에는 꿈을 꾸겠다'고 답하겠다."

사람은 일하도록 운명 지어진 존재이므로 일을 떠나서 살 수 없다. 하지만 인간은 살기 위해 일할 뿐이지 일하기 위한 존재는 아니다. 그러므로 일하는 만큼 편안한 휴식을 누릴 수 있는 자격을 갖추어야 한다. 인간은 일과 휴식이 조화를 이루어야 행복하며 성공적인 삶을 살 수가 있다.

내 존재의 의미에 대한 자문, 그것은 소중한 자기 발전의 원동력이다. 세상의 그 어떤 질문보다도 가장 소중하고 필요하며 좋은 질문은 자신의 정체성과 현주소를 자신에게 묻는 것이다. 그런 마인드를 가진 사람은 충분히 일을 멈추고 쉼을 누릴 자격이 있다.

사람은 일하도록 운명 지어진 존재이므로 일을 떠나서 살 수 없다.
하지만 인간은 살기 위해 일할 뿐이지 일하기 위한 존재는 아니다.
그러므로 일하는 만큼 편안한 휴식을 누릴 수 있는 자격을 갖추어야 한다.
인간은 일과 휴식이 조화를 이루어야 행복하며 성공적인 삶을 살 수가 있다.

일단 내 삶의 속도를 늦추어보자

세상에는 사람보다 빨리 달리는 동물이 많다. 그런데도 인간이라는 동물은 만물의 영장이라는 자존심 때문에 지는 걸 싫어해서 무조건 빨리 달리려고만 한다.

운전하는 사람들 중에는 차에 오르기만 하면 빨리 달리려고 기를 쓰고 속도를 내는 사람들이 있다. 물론 겁이 나서 빨리 달리지 못하는 사람도 있기는 하지만, 대부분의 사람들은 빨리 목적지에 도달하기 위해 안달하며 속도를 낸다.

하지만 그렇게 빠른 것은 좋아하면서도 빨리 늙는 것은 싫어하고, 빨리 죽는 것은 더더욱 싫어한다.

과속하면 얼마간은 빨리 갈 수 있지만, 그것을 오래 지속하기는 힘들다. 비가 퍼부을 때 같은 시간 동안 빗속에 있으면 빨리 움직이는 사람이 더 비를 많이 맞는 것처럼, 삶에서 과속이란 것도 자신의 열정을 빨리 식게 만든다. 달리는 속도를 늦추고 경제속도에 맞춰 삶의 여유를 찾아야 한다.

영국 수상 처칠(Winston Churchill)이 타고 있던 차가 과속으로 달리다가 그만 교통경찰의 단속에 걸리고 말았다. 그러자 처칠이 창을 내리고 이렇게 말했다.

"여보게, 내가 누군지 모르나? 나 지금 각료회의 가는 중이야. 그러니 그냥 갈 수 있게 해주게."

그러나 경찰은 다시 한 번 처칠을 바라보더니 이렇게 말했다.

"아, 네, 얼굴은 수상님과 비슷합니다만 법을 지키는 것은 비슷하지 않습니다. 수상님은 법을 잘 지키시는 분이니까요."

결국 처칠이 탄 차는 단속 딱지를 받고 나서야 통과할 수 있었다.

경찰의 행동에 감동한 처칠은 나중에 경찰총감을 불러 그 경찰을 찾아 특진시키도록 지시했다. 하지만 경찰총감은 과속 차량을 적발했다고 해서 특진시킨다는 규정이 없다는 이유로 처칠의 지시를 거절했다.

법을 제대로 지키는 것은 참으로 아름다운 행동이다. 그런데 우리나라는 높으신 분들이 앞장서서 법을 무시하고 자기 편의대로 빠져나갈 궁리를 하고 지위를 이용하여 갑질을 하곤 한다. 그 위세에 굴하여 자리를 보전하려는 이들 또한 너무 많다.

조금 더딘들 무엇이 그렇게 달라지는 것도 아닌데, 우리는 오늘도 계단을 뛰어서 오르내리고, 정상 속도로 달리는 앞차가 꾸물댄다고

조금만 내 삶의 속도를 늦추면

세상에는 참으로 볼 것도 많고, 생각할 거리도 많다.

또 그런 것들을 계기로 새로운 생각이 샘솟듯 솟구치기도 한다.

투덜거리며 경적을 울려댄다.

인간이라고 해서 항상 뛰는 것은 아니며, 기어 다닐 때도 있었다는 것을 늘 생각해야 한다. 잠시 가던 길 멈추고 거리에서 흘러나오는 음악 소리에 귀를 기울여보라. 소리는 들리지 않지만 서로 열심히 이야기를 나누는 무리들의 표정을 살펴보며 나름대로 스토리를 구성해보는 시간을 가져보는 것은 어떨까?

조금만 내 삶의 속도를 늦추면 세상에는 참으로 볼 것도 많고, 생각할 거리도 많다. 또 그런 것들을 계기로 새로운 생각이 샘솟듯 솟구치기도 한다.

우리는 인생을 살아가면서 가끔은 삶을 제대로 살고 있는지 돌아볼 줄 아는 여유를 가져야 한다.

CHAPTER 2
내 삶의 의미를 찾는 시간

쉼과 여유로 내 몸과 정신을 돌보기

하나님은 우리에게 몸을 주셨으니, 그 몸을 잘 관리하게 하셨다. 그러니 내 몸을 건강하게, 상함이 없이 보존할 의무가 있다. 하나님은 우리에게 생각하며 살라고 생각하는 능력을 주셨다. 그러니 그 생각을 제대로 하며 살아야 한다. 그런데 우리는 쓸데없는 생각만 하며 살고 있지 않은지 돌아보아야 한다.

하나님은 우리에게 아름다운 정신세계를 주셨다. 그런데 우리는 그 정신세계를 지저분하고 잡다한 것으로 채우며 살고 있다. 우리는 모두 우리의 정신을 건강하고 맑게 지켜야 할 소명이 있다. 그런데 우리는 우리의 정신을 잡다한 쓰레기통으로 만들고 있는지 않는가!

게오르크 뷔히너(Georg Büchner)는 그의 저서에서 이렇게 말했다.

"손에 못이 박히도록 일하다가 결국 지쳐 다른 사람의 보호를 받아야 하는 사람, 병이 날 정도로 지독하게 일하다가 더는 일을 할 수 없게 병든 사람, 자신이 흘린 땀의 대가로 빵을 먹는다며 우쭐대는 사람…… 이러한 사람들은 정신이 온전치 못한 사람들이며, 인간 사회에 도움이 안 되고 오히려 해를 끼치는 사람이라고 선포해야 한다. 우리는 나무 그늘에 앉아서 일용할 양식과 노래할 수 있는 아름다운 목소리와 멋진 몸, 그리고 감사의 제사를 올릴 전례를 하나님께 드리자."

하나님은 우리에게 이 세상에서 누릴 수 있는 모든 능력을 주셨지만, 우리는 그 능력 자체를 평가조차 못한 채 살고 있다. 제 능력을 잘 찾아내어 사회에 보탬이 되는 삶, 누군가에게 도움이 되는 삶, 그 삶이 아름답다.

하나님이 우리에게 쉼을 주시고 여유를 주시는 까닭은 우리로 하여금 이 땅에서 자기 관리를 잘 하여 장수하도록 하기 위함이다. 때문에 이런 소중한 내 몸과 정신을 상하게 하는 건 큰 죄악이다. 쉼과 여유로 내 몸과 정신을 건강하게 지켜나가야 한다.

일을 사랑하되
진정한 휴식을 취할 줄 알아야 한다

가끔 내 삶을 생각할 때가 있다. 특히 혼자 등산을 할 때면 그런 사색에 잠긴다. 내 삶을 돌아보고, 정리하며, 바로 세우려고 한다. 우리는 살기 위해 일하는 것이 아니라 일하기 위해 사는 것이 아닐까 하는 생각이 들 정도로 참 바쁘다. 바쁘지 않으면 오히려 불안할 정도로 일중독에 빠져 살고 있다.

주위를 둘러보면 많은 이들이 아주 열심히 살아가는 모습을 볼 수 있다. 그렇게 열심히 살아가는 이들을 보면 좋아 보이고 친구가 되고 싶다. 반면 빈둥대며 자신의 일을 소홀히 하는 이들을 보면 괜히 얄밉다. 이심전심(以心傳心)이라 했던가. 하늘은 스스로 돕는 자를 돕는다는데, 그 도움은 하늘에서 오는 게 아니라 사람들의 마음에서 비롯된다.

어디에 있든지 주인의식을 가지고 일을 하자. 내가 맡은 일은 누가 맡겼든 내가 주인이기 때문이다. 그리고 그 일을 열심히 하고 가끔 휴식을 취하자. 계속 일만 하면 과부하로 결국 쓰러져 일을 못할 테니까.

파스칼은 "고통도 없고, 일도 없고, 정신을 산만하게 하는 요소도 없고, 해야 할 일도 없이 완전한 고요 속에 있는 것만큼 견디기 어려운 일도 없다"고 말했다.

우리에게 일은 꼭 필요한 것이며 삶의 자극제다. 하지만 무슨 일을 하든 그 일이 내 삶의 전부가 되어서는 곤란하다. 일은 내 삶의 일부여야 한다. 삶에서 무엇이 우선순위여야 할지 생각해보자.

자신의 일에서 성공하면 좋지만, 그에 앞서 진지한 사색을 통해 내 삶의 의미를 알아야 한다. 우리는 살기 위해 일하는 것이며, 쉬기 위해 일하는 것이다. 일의 뒤에는 휴식이 있어야 하며, 긴 휴식을 취해보아야 일의 소중함과 중요성을 알 수 있다. 그래서 휴식은 다음 일의 생산성 향상을 전제로 해야 한다.

일을 사랑하되 진정한 휴식을 취할 줄 아는 삶, 휴식을 취하면서 일에 새로운 의미를 부여할 줄 아는 자만이 일할 자격과 휴식을 취할 자격을 갖추었다고 할 수 있으며, 일에서도, 휴식에서도 자유롭다고 할수 있다.

자신의 일에서 성공하면 좋지만,
그에 앞서 진지한 사색을 통해 내 삶의 의미를 알아야 한다.
우리는 살기 위해 일하는 것이며, 쉬기 위해 일하는 것이다.
일의 뒤에는 휴식이 있어야 하며,
긴 휴식을 취해보아야 일의 소중함과 중요성을 알 수 있다.
그래서 휴식은 다음 일의 생산성 향상을 전제로 해야 한다.

휴식을 통해 나 자신을 정리해보기

아침 출근 시간이면 모두들 허둥댄다. 그야말로 출근전쟁을 치른다. 그렇게 지내다가 문득 어느 순간, 자신도 모르게 많은 세월을 살았음을 의식할 때가 있다. 늘 마음은 20대지만 자신이 어느덧 30대 또는 40대, 50대가 되었다는 사실을 발견하고는 깜짝 놀란다.

아침에 눈을 뜨기 바쁘게 전쟁 중의 배를 채우듯이 허겁지겁 식사를 하거나 아예 거르고 일터로 달려가며 잃어버린 세월들이다. 어떻게 보면 왜 바쁜지도 모르게 바쁘게 살았고, 누구를 위한 삶이며 무엇을 위한 삶이었는지도 모른 채 살아온 것이다.

가족이 한자리에 다정하게 모여앉아 이야기를 나누며 가족임을 확인할 시간도 없이 살아왔다. 행복한 일도 있었을 테지만, 행복한 일을 확인하지도 못하고 살아왔다. 서로 사랑을 나누기도 했지만, 그 사랑을 확인한 적도 별로 없었다.

바쁘다는 것이 행복을 행복으로 느낄 수 없게 만들고 사랑을 사랑인지 확인할 수 없게 만든다. 자신의 정체성도 바쁨이라는 것에 묻혀 잃은 지 오래다.

이렇게 살아가는 삶은 무의미한 삶이다. 나를 돌아볼 시간도, 여유도 없이 허겁지겁 각박하게 살다 보면 사랑을 하되 맹목적인 사랑을 하고, 일을 하면서도 그 일을 왜 하는지 진정한 의미도 모른 채 일을 하고 그저 살기 위해 몸부림치며 살 뿐이다.

이제 모든 일을 접고 휴식을 취해보자. 이 휴식은 더 멀리 뛰기 위한 휴식이며, 더 경제적으로 살기 위한 휴식이다. 우선 멈추어야만 내 자리를 인식하고 나의 진정한 모습을 돌아볼 수 있다. 가끔은 휴식을 통해 나의 생각, 나의 철학, 나의 몸도 돌아보아야 한다. 그 휴식은 일을 더디게 하려는 것이 아니라 헝클어진 내 일을 잘 정돈하여 그 일이 더 잘 되어가도록 하기 위한 것이다.

컴퓨터도 가끔은 잘 정리해주어야 속도가 빨라진다. 이처럼 일을 잘하는 사람은 제대로 휴식을 즐길 줄 안다. 자기 자신을 먼저 정리 정돈해야 앞으로의 일이 제대로 돌아간다는 걸 잘 알기 때문이다.

나의 상황 진단하기

오랫동안 정비를 하지 않고 계속 과속으로만 달리면 그 자동차는 언젠가 브레이크가 파열되어 사고가 날 것이다. 우리 삶도 이처럼 과속으로 질주하고 있는 것은 아닌지 점검할 필요가 있다. 그래서 가끔은 삶의 브레이크가 필요하다. 혼자 산에 오르기, 사색하기, 영화 관람하기는 삶의 브레이크 역할을 한다. 〈터미널(The Terminal)〉이란 영화는 여유 있는 삶의 전형을 보여준다.

〈터미널〉은 말 그대로 마지막으로 차가 가서 서는 곳을 말한다. 말의 어원인 '텀(term)'이란 말은 끝단을 의미한다. 여기서 파생한 그 유명한 영화 제목 〈터미네이터(Terminator)〉가 '종결자'를 의미하듯이 말이다. 그러니 터미널은 끝이면서 새로운 세상을 향하는 시작의 장소다.

동유럽의 소국 크라코지아에서 뉴욕으로 날아온 빅토르 나보스키는 미국의 관문인 JFK 공항에서 황당한 얘기를 듣는다. 빅토르가 대서양을 건너는 도중 크라코지아 정부가 쿠데타로 몰락한 것이다. 정부가 없으니 그가 가진 여권이나 비자는 휴지조각이나 다름없게 되었다.

빅토르는 원칙을 최우선으로 여기는 공항 관리 책임자 프랭크에 의해 공항 터미널에 버려진다. 빅토르는 미국에 입국할 방법이 없다. 물론 미국 당국도 빅토르를 추방시킬 명분이 없다. 그래서 책임자는 JFK 공항의 환승장에 빅토르를 방치하기로 결정한다.

길어야 며칠이면 될 줄 알았지만 크라코지아 내전은 지루하게 계속되고, 빅토르의 기다림도 끝을 모르고 이어진다. 빅토르는 그저 아버지와의 약속을 지키기 위해 기다릴 뿐이다. 그는 뜻밖에도 낙관적인 표정으로 공항 노숙자 생활에 적응하기 시작한다.

공항 한쪽에 쉴 곳을 마련하고 영어도 배우고 돈 버는 법도 배우고 친구도 사귄다. 그는 터미널이라는 낯선 공간에서 알뜰한 삶을 일구어나가기 시작한다. 동유럽 여행객을 도와줘 영웅이 되기도 하고, 사랑도 찾아온다. 스튜어디스 아멜리아에게 빅토르는 모든 것을 포용하는 따스함을 선물한다.

삶에 대한 빅토르의 낙천적인 태도에 공항 사람들도 감화를 받는다. 무려 9개월이란 시간, 기다림이라는 인내의 가치를 일깨워준 빅토르. 국제공항 터미널이라는 한정된 공간은 다양한 인종과 종교, 서로 다른 삶의 태도와 믿음을 가진 사람들이 모였다 흩어지는 곳이다.

어쩌면 우리는 모두 터미널이라는 공간에서 과거라는 어제의 기억, 아니 과거에 나 자신에게 했던 그 약속을 지키기 위해 머물러 있는 나

그네일지도 모른다. 그러면서 한 번도 가본 적은 없지만 약속을 이룰 수 있는 미래의 공간을 향해 갈 수 있는 입국허가서를 받기 위해 신에게 의지하고 있는지도 모른다.

〈터미널〉은 실제로 프랑스 드골 공항에서 수년째 살고 있던 한 이란인 이민자의 이야기를 모티프로 했다고 한다. 이란인 아버지와 영국인 어머니 사이에서 태어난 메르한 카리미 나세리는 1970년대 영국 유학 시절, 이란 왕정 반대 시위를 했다는 명목으로 고국에서 추방당한다. 그는 영국과 독일, 벨기에 등지에 망명을 신청하지만 번번이 거부당한다.

그러다 나세리는 영국 정부로부터 가까스로 난민확인증을 받지만 영국 히드로 공항에서 난민확인증을 분실하여 영국으로부터 입국을 거부당하게 된다. 나세리는 어쩔 수 없이 프랑스 드골 공항으로 돌아오지만 입국을 거부당한다.

그러나 박애의 나라 프랑스는 나세리를 공항 밖으로 추방하지는 않았다. 1988년부터 나세리는 그곳에서 '알프레드'라는 이름으로 거주한다. 메르한 카리미 나세리는 공항이라는, 나라와 나라 사이의 장벽 사이에 끼어버린 불쌍한 낙오자이며, 오도 가도 못 하는 슬픈 우리들의 자화상을 보여준다.

영화 〈터미널〉은 우리 삶은 그 자체가 기다림의 연속이라는 것을 잘 보여준다. 국제공항 터미널은 다양한 사람들이 갖가지 약속을 지키기 위해 기다리고, 앞으로 다가올 새로운 세계의 모습을 그리며 기다리는 곳이다.

아무리 아니라고 부인해도 우리는 그 무엇인지 모르는 무언가를 기다리며 산다. 그렇다면 기다림에 대처하는 우리의 자세는 어떠해야 할까? 가장 중요한 것은 절대로 초조해서는 안 된다는 것이다. 낙천적이고 여유 있는 마음으로 다양한 사람을 만나고 사랑도 하고 돈도 벌며 뭔가 생각 있는 삶을 살아야 할 것이다. 우리에겐 기다림이 전제되는 약속, 기다림의 에너지원인 희망, 기다림의 결과물인 사랑과 행복, 풍요로움이 언제든 다가올 수 있으니 말이다.

14

혼란스런 마음과 머리를 정리하고
뭔가에 집중해보라

점심시간을 이용해서 공원이나 길가 벤치에 앉아 커피 한 잔 마시는 여유를 가져보는 건 어떨까. 여기저기 피어나는 봄꽃을 배경 삼아 긴 호흡을 하며 천천히 한 모금씩 음미하며 여유를 즐겨보는 것이다.

오토는 휴식에 대해 이런 말을 했다.

"일하는 사이사이에 펄럭이며 존재하는 작은 휴가들을 즐기는 것은, 하던 일을 정리하고 얼굴을 묻을 수 있는 베개를 놓는 것과 같다. 모든 사물들이 서로 뒤엉켜 못쓰게 되지 않도록 사물들 사이에 틈과 공기가 존재하듯이 일과 일 사이에는 휴식이 필요하다."

햇살이 유리에 반사되어 제법 따사롭게 느껴지는 창가에 앉아, 또는 창가에 서서 지나가는 사람들의 모습을 물끄러미 바라보자. 또는 고개를 들어 드문드문 신비를 감추고 있는 구름을 바라보자.

그러면 한결 마음이 여유로워지고, 복잡하게 얽히고설킨 삶의 문제들을 풀어나갈 수 있는 실마리가 보일지도 모른다. 또 꼬이고 꼬여 어떤 일부터 손을 대야 할지 엄두가 안 나던 일들의 순서가 떠오를지도 모른다.

뭔가에 지나치게 몰두하고 있으면 마음만 급하고 초조해진다. 그러면 일도 제대로 되지 않고 공부도 제대로 되지 않는다. 물론 육체노동은 투자한 시간과 성과가 어느 정도 비례할 수 있다. 그러나 정신노동은 투자한 시간과 성과가 반드시 비례하는 것은 아니다.

무조건 장시간 일에 매달려 있는 것이 중요한 것이 아니라, 얼마나 집중하느냐가 중요하다. 자신을 여유롭게 관리할 줄 아는 지혜로 적은 시간을 투자하고도 더 많은 성과를 얻어야 한다.

혼란스러운 우리의 마음과 머리를 잠시나마 커피 한 잔의 여유로 정리해보는 것도 삶의 지혜다.

15

내 삶의 모습들을 되새겨보자

나는 농촌에서 태어났고, 스물네 살까지 농촌에서 농부로 살았다. 그후 서울로 와서 공장에서 일하고, 차 조수도 하고, 세탁업도 하고, 세일즈맨, 판촉물 장사 등 생활을 위해 다양한 일을 했다. 그 모든 것이 나를 이만큼 여유 있는 사고를 할 수 있게 해주었다.

시골에 살 때는 소를 치는 농부이기도 했다. 이 소란 놈은 사료를 주지 않아도 풀만 먹고 잘 산다. 열심히 풀을 뜯어 먹고는 이내 자리에 눕는다. 그러고는 눈을 껌벅거리면서 그 넓적한 귀를 휘둘러 귀찮게 덤벼드는 쇠파리와 하루살이들을 쫓고, 더럽게도 질겅질겅 씹어 삼킨 풀을 되새김질한다.

소는 네 개의 위로 되새김질을 하며 풀에 있는 영양분을 모두 흡수해서 영양을 유지한다. 그런 이유 때문인지 소가 위장병을 앓는다는 이야기는 들어본 적이 없다.

"급히 먹은 밥이 체한다"는 말이 있듯이 우리는 너무 서두르며 사는 것 같다.

린드버그(Charles Augustus Lindbergh)는 "왜 우리 삶의 속도는 이렇게 점점 빨라지는가? 왜 사물들을 제대로 즐기지도 못하고 숨을 몰아쉬며, 그것이 얼른 지나가기만을 기다리는가?"라며 현대를 사는 우리에게 묻고 있다.

소가 먹은 음식을 되새김질하듯이, 우리도 우리에게 주어지는 일과 삶의 목적, 내 존재 이유를 되새겨보는 여유를 가져야 한다. 우리가 사는 이 지구는 100년마다 1,000분의 1.6초씩 느리게 자전한다고 한다. 이처럼 우리도 우리 삶의 속도를 조금 늦추고 생각의 되새김을 하면 어떨까.

"대부분의 사람들은 지나치게 빠른 속도로 쾌락을 찾다가 그것을 그냥 지나치고 만다"는 키에르케고르(Kierkegaard)의 말처럼 우리는 많은 것을 그냥 지나치며 살아간다. 지각할까 봐 뛰는 대신에 10분 일찍 일어나서 여유 있게 걸어서 출근하는 것은 어떨까. 걸으면서 나를 돌아보는 사색의 시간을 갖는 것도 좋을 것이다.

급할수록 하나, 둘을 세는 여유, 화가 날수록 하나, 둘, 셋을 세는 여유, 그런 마음의 여유, 그런 마음의 되새김으로 상대를 제대로 보고 상대의 말을 들어주는 여유를 가져야 한다.

마음의 시침 돌려놓기

우리는 문명의 이기 속에서 삶의 여유를 잃어버리고 있다. 그러다 보니 마음의 여유도 잃고, 옆을 돌아보는 여유도, 뒤를 돌아보며 나를 반성하는 여유도 잃고 산다. 그냥 앞을 향해서만 정신없이 달려가고 있을 뿐이다.

어쩌다 쉬어보려고 하면 스마트폰과 텔레비전, 컴퓨터가 나를 유혹한다. 뿐만 아니라 눈에 보이는 현란한 모든 것들, 귀로 전해오는 달콤한 유혹의 언어와 음률, 향기로 코를 자극하여 내 발길을 이끄는 온갖 유혹거리들, 그런 것들 때문에 좀처럼 마음의 휴식을 얻지 못한 채 시간과 함께 내 인생이 마냥 굴러만 간다.

사람은 분위기나 환경에 영향을 받거나 심하면 지배를 받기도 한다. 그런 지배에서 벗어나기 위해, 의식적으로라도 맨발로 맨땅을 걸으며 발바닥으로 전해오는 진실한 흙의 촉감을 느껴보는 일도 마음의 여유를 찾는 데 도움이 된다.

도시의 빌딩 숲을 벗어나 나무와 잔풀들이 어우러진 숲으로 가서 자연이 베풀어주는 그 순수를 느끼며 자연의 순리를 배워보는 것도 좋을 것이다. 문명의 이기인 스마트폰을 잠시 꺼놓은 채로 자연 속에서 모처럼의 휴식을 제대로 즐겨보자.

횡단보도에서 조급한 마음으로 발을 동동 구르며 빨간불이 파란불로 바뀌기만을 기다리기보다는 느긋하게 콧노래라도 부르며 신호가 바뀌기를 기다려도 보고, 세상 복잡한 일은 모두 잊은 채 아이들과 함께 공놀이나 구슬치기를 하면서 하루를 아이처럼 보내는 것도 좋을 것이다.

빨리빨리를 외치는 우리는 조급증에 중독되어 있다. 어떤 상태에 있든 누구에게나 시간은 동일하게 주어지고 동일하게 흘러간다. 하지만 마음먹기에 따라 그 시간의 흐름이 빠르게 느껴지기도 하고 더디게 느껴지기도 한다. 조금만 마음의 시침을 돌려놓으면 우리는 얼마든지 마음의 휴식을 취할 수 있다.

진정한 자신을 발견하기

우리는 다른 사람의 모습은 볼 수 있지만, 정작 나 자신의 모습은 제대로 보지 못한다. 거울 없이는 내 얼굴, 내 뒷모습을 볼 수 없다.

단지 거울에 역상으로 비친 내 얼굴, 카메라에 찍힌 내 모습을 진정한 나로 착각하며 살고 있다. 그런 이유로 우리는 남에 대해 관심이 많고 남의 이야기는 많이 하면서도 정작 자기 자신에게는 관심을 기울이지 않는다.

비록 내 모습은 거울로밖에 볼 수 없지만, 나의 마음과 생각은 혼자 있는 시간에 사색을 통해 알 수 있다. 그래서 혼자 있는 시간을 만들 줄 아는 여유가 필요하다. 그래야 진정한 나를 발견하고 나 자신을 소중히 여길 수 있다.

로버트 슐러(Robert Schuller) 목사는 "왜 자신을 사랑해야 하는가?"라는 물음에 다음과 같은 이유를 제시하고 있다.

1. 당신이라는 존재는 이 세상에 단 한 명뿐이다.
2. 당신만의 지문이 있다. 당신만의 각인을 이 세상에 새길 수 있다.
3. 당신에게는 독자적인 능력이 있다. 보이지 않는 그 가능성을 발견하고 실현하라.
4. 당신에게는 소명이 있다. 당신은 독자적인 목적을 위해 태어났다.

누가 뭐래도 나라는 존재는 이 세상에 단 한 명뿐인 소중한 존재다. 우리가 제대로 모르고 있을 뿐이지 우리 모두에게는 고유한 재능이 있다. 또한 이 세상에 존재하는 모든 것이 존재의 이유가 있듯이, 신이 우리를 이 세상에 태어나게 한 것은 그 목적이 있기 때문이다.

우리 모두는 신이 나라는 존재를 이 땅에 태어나게 해준 이유를 발견하고, 내 몫의 짐을 져야만 하며, 내 몫의 의무를 다해야만 한다.

하인텔(Peter Heintel)은 "자신에게 끊임없이 말해왔으나 듣지 못했던 내면의 소리를 고요한 시간에 들을 수 있다는 사실은 얼마나 흥미로운가?"라고 말한다.

자기 내면의 소리를 들으며 진정한 나를 찾아야 한다. 때로는 고적한 산길을 혼자 걸으며 마음의 정리도 할 줄 알아야 하고, 때로는 흐르는 물가에 앉아 그 흐름에 어울리는 생각에 잠겨 진정한 자신의 내면의 모습을 들여다볼 줄 알아야 한다.

내 삶에 진정한 의미를 부여하기

세상에는 게으른 사람도 있고 부지런한 사람도 있다. 그리고 그 삶의 모습들을 보면 부지런한 사람만 성공하는 것도 아니다. 우리는 대개 아침을 기준으로 다른 사람의 삶의 태도를 판단한다. 아침에 일찍 일어나면 부지런한 사람으로 취급하고, 아침 늦게 일어나면 게으른 사람으로 생각하는 것이다.

하지만 우리는 모두 똑같이 주어진 24시간을 살고 있다. 성공이냐실패냐는 보편적으로 시간을 어떻게 관리하며 사느냐, 적시에 일을하느냐에 달려 있을 따름이다. 아침 일찍 일을 시작하든 늦게 시작하든, 아니면 남들이 잠든 밤에 시작하든 얼마나 그 일에 열정을 갖고임하느냐가 중요하다. 따라서 아침 혹은 낮을 기준으로 부지런하다거나 게으르다고 판단하는 것은 무의미하다.

스페인 철학가이자 소설가인 미구엘 드 우나무노(Miguelde Unamuno)는 이렇게 말한다.

"나는 적어도 어느 정도까지는 아무것도 하지 않는 것이 참으로 좋은 일이라고 칭송하고 싶다. 그리고 게으름을 부릴 줄 아는 사람이 가장 능동적으로 활동할 줄 아는 사람에 속한다고 외치고 싶다."

게으른 사람의 성공을 우리는 비난할 수 없다. 우리가 보기엔 그가 게으른 것 같아도 게으름을 피우는 순간에 다른 구상을 하는 정신노동을 하고 있을 수도 있다. 성공적인 삶을 사는 사람은 그 나름대로의 이유가 있게 마련이다.

우리가 보기에 게으름을 피우거나 한가롭게 있는 것처럼 보이는 사람도 알고 보면 보이지 않는 이면에서 나름대로 뭔가를 열심히 하고 있을 수도 있다. 백조가 물 위에 여유롭게 떠 있는 것처럼 보이지만 실은 물 아래서 열심히 다리를 움직이고 있기 때문에 그것이 가능한 것이다.

게으름도 일이요, 한가함도 일로 받아들일 때 그 삶은 건설적이다. 다른 사람의 기준과 판단에 휩쓸리지 않고 자신에게 주어진 일을 자신만의 방식대로 조용히 해나가고 순간순간 자기 삶에 의미를 부여할 줄 아는 사람만이 성공의 열매를 맛볼 수 있다.

함께 나누는 기쁨으로 마음부자 되기

"중요한 것은 눈으로 볼 수 없어. 마음으로 보는 거야."

『어린 왕자』에 나오는 한 대목이다. 아름다워지고 싶은 사람은 자신의 모습을 가꾸기 위해 무진 애를 쓴다. 화장을 곱게 하기도 하고, 예쁜 옷을 구입해서 입기도 한다. 그래도 아름다워 보이지 않는다면 성형이라도 해서 아름다워지고 싶어 한다. 하지만 그렇게 꾸민 아름다움은 언젠가는 나이와 함께 시들고 만다. 보이는 아름다움은 쉽게 시들지만, 보이지 않는 아름다움은 나이가 들어도 은은하게 빛을 발한다. 그 보이지 않는 아름다움이 바로 마음의 아름다움이다. 고운 마음으로 내 것을 누군가와 나누고 싶은 마음이 있다면 그의 눈은 아름답게 빛나고 얼굴은 환하게 빛난다. 마음에 욕심이 가득한 사람은 아무리 아름답게 치장해도 저절로 배어나오는 추함이 있다. 반면 고운 마음으로 나눔의 삶을 사는 사람의 입가에 핀 미소는 왠지 사람의 마음을 끈다. 진정한 아름다움은 보이지 않는 마음에 있으며, 실상 우리의 행동이나 모습을 지배하는 것은 마음이다.

사람을 사랑하는 마음은 그래서 아름답다. 사랑은 받고 싶은 마음보다 주고 싶은 마음을 소유하게 하니까. 깊이 사랑하는 사람에게 그 무엇이든 아낌없이 주고 싶은 마음, 그 기쁨으로 세상을 산다면 우리는 날마다 기쁘고 즐거운 삶을 살게 될 것이다. 누군가를 사랑하는 마음, 그 마음이 있다면 내 삶은 가치 있는 삶이리라.

"만일 내가 누군가의 찢어지는 가슴을 멈추게 할 수 있다면 나 헛되이 사는 것 아니리. 만일 내가 누군가의 아픔을 편안하게 해주거나, 누군가의 고통을 진정시킬 수 있거나, 졸도한 한 마리 울새를 제 보금자리로 돌아가게 할 수 있다면 나 헛되이 사는 것은 아니리."

– 에밀리 디킨슨(Emily Elizabeth Dickinson)

누군가를 위로할 수 있는 말이라도 해줄 수 있다면, 위안이 되도록 따뜻한 인간애로 그의 손을 잡아줄 수 있는 마음이라도 있다면 내 삶은 가치 있다. 내 삶을 가치 있게 하는 것은 내가 부자가 되고, 내가 권력을 거머쥐고, 내가 지식인이 되는 것이 아니다. 지금의 내 상황에서 내가 가진 것을 조금이라도 누군가에게 나눠줌으로써 위로가 되어주는 것이다. 지금 있는 자리에서 조금만 뒤로 물러서고 조금만 내려서면 나의 말, 나의 행동, 나의 지식, 나의 위로를 필요로 하는 사람들에게 나눌 것은 얼마든지 있다.

사랑을 받는 즐거움도 있지만 누군가에게 사랑을 줄 수 있다면 그보다 더 기쁜 일은 없을 것이다. 내가 무언가를 누군가에게 줄 수 있다는 것은 나를 설레게 하고, 보람 있는 삶을 살고 있다는 자부심을 갖게 한다. 내가 누군가에게 도움이 되고, 의미 있는 존재가 되면 기쁨이 가슴 가득 차오른다. 내가 나를 위해 나를 살찌우는 것은 나를 공허 속으로 밀어넣지만, 내가 나를 비워 누군가에게 보탬이 되면 뭐라 형언할 수 없는 기쁨이 되어 내게 돌아온다. 내게 있는 그 무엇인가를 나누어 누군가에게 베푼다면, 내가 가진 물질은 줄어들겠지만 마음의 기쁨으로 받는 보상은 훨씬 더 크다. 무형의 나의 자산, 즉 지식이나 웃음, 재능을 누군가를 위해 쓴다면 그것은 줄어들지 않는다. 오히려 보람과 더 많은 배움으로 되돌아온다.

미국의 갑부 록펠러(John Davison Rockefeller)는 젊어서 많은 돈을 모았다. 미국에서 제일의 갑부가 되었지만 어느 날 죽을병에 걸렸다는 판정을 받는다. 그토록 열심히 돈을 모아 부자가 되었건만 벌어놓은 돈도 제대로 써보지 못한 채 죽는다는 생각을 하니 너무도 억울한 생각이 들었다. 돈을 버는 법만 배웠지, 돈을 쓰는 법을 몰랐던 그는 돈을 쓰기 위해 비서를 구한다. 마침 제대로 사람을 고른 덕분에 비서를 통해 좋은 곳에 돈을 쓸 수 있었다. 그러자 이제까지 그를 욕하던 사람들이 그를 칭송하기 시작했다. 그 칭송을 들으면서 보람을 느낀 그는 기분이 좋았다. 자신이 애써 벌어 모은 돈이지만 보람 있는 일에 쓰는 기쁨은 점점 커져갔다. 그러면서 자신도 모르는 사이에 건강이 좋아졌다. 결국 죽을병에 걸렸다던 록펠러는 나누는 삶을 통해 기쁨을 얻고 건강을 되찾아 90살이 넘게 장수했다.

내가 가진 것을 누군가에게 줄 수 있는 삶이야말로 보람 있고 참으로 가치 있는 행복한 삶이다. 물론 자신의 소중한 것을 남에게 줄 때는 다소 아까운 마음이 들 수 있다. 하지만 내 손으로 누군가에게 그것을 주고 나면 이내 미련은 없어지고 그때부터 기쁨이 생긴다. 그리고 그 기쁨은 오래오래 유지된다.

물론 받는 기쁨도 작지 않다. 하지만 받는 기쁨은 잠시일 뿐 이내 부담으로 작용하고 마음의 빚이 되어 개운치 않다.

비록 많은 물질을 가지고 있지 않아도 자신에게 있는 뭔가를 남에게 줄 수 있는 마음이 있다면 그는 아름다운 부자다. 아무리 물질이 많아도 자신의 곳간에 쌓아두기만 하는 사람은 진정한 부자가 아니다. 진정한 부자는 많이 가진 자가 아니라 많이 나누어줄 수 있는 사람이다. 좋은 말을 해주는 것도 주는 것이며, 괴로운 이의 말을 가만히 들어주는 것도 주는 것이다. 내가 아는 것을 남에게 가르쳐주는 것도 주는 것이다. 나에게 있는 것을 찾아서 남에게 줄 줄 아는 사람은 그 비워진 것 이상으로 채워져서 부자로 살아간다. 반면 남에게 얻기만 하고 받기만 하는 사람은 그 채워진 것만큼 빈한하게 살게 마련이다.

남에게 주되 좋은 것을 줄 수 있는 삶, 남에게 주되 아까운 마음이 아닌 넉넉한 마음으로 줄 수 있는 삶, 강한 자에게 아부하기 위해 주는 것이 아니라 나보다 약한 이에게 진정한 사랑으로 나의 작은 것을 쪼개어주는 삶, 능력이든 물질이든 내게 줄 것이 무엇이 있는지 찾아내어 기꺼이 줄 줄 아는 진정한 마음부자로 살았으면 좋겠다.

잠에서 깨어나 맞는 아침은 설렘으로 기쁘다. 매일 아침 오전 5시 반이면 컴퓨터 앞에 앉는다. 8년이 넘도록 아침마다 반복하고 있는 편지 쓰기 습관 때문이다. 나의 생각들을 정리해서 내 편지를 기다리는 이들에게 아침 편지를 보낸다. 내가 가진 긍정의 메시지를 보내는 즐거움, 그런 즐거움이 없다면 나는 이미 아침 편지를 포기했을 것이다. 아침 편지를 쓰면서 내가 가진 정보의 양은 줄어드는 것이 아니라 오히려 늘어났다. 나는 내 삶을 사랑하고, 또 이렇게 아침 편지를 통해 내가 가진 긍정의 메시지를 누군가에게 전할 수 있다는 것이 참 행복하다.

시간의 의자를 내 것으로 만들기

공자(孔子)의 제자가 어느 날 공자에게 물었다.

"선생님, 사람이 만일 우물에 빠졌다고 하면 군자는 그 말을 듣고 우물에 들어가야 합니까?"

공자는 그 물음에 이렇게 대답했다.

"아니지. 군자는 사리에 밝으므로 비록 그를 구해낼 꾀를 생각할지 언정 제 몸을 빠뜨리지 않을 것이니, 군자를 이치에 합당한 말로 속일 수는 있지만 기만하지는 못할 걸세."

우리는 늘 습관대로 움직인다. 창조적이라고 여겼던 일도 나중에는 단순 노동으로 변하고 만다. 하지만 우리의 삶이 보다 윤택하고 의미가 있으려면, 일상을 새롭게 들여다볼 수 있는 마음의 여유가 필요하다.

가이슬러는 이렇게 말했다.

"휴식은 시간으로 구성된 안락의자와 같다. 그 위에서 우리는 몸을 쭉 뻗고 누울 수도 있으며, 정신을 가다듬을 수도 있고, 깨어 있을 수도 있고, 잠을 잘 수도 있다. 사랑을 나눌 수도 있고, 꿈을 꿀 수도 있으며, 날마다 일어나는 일상의 사건들에서 벗어날 수도 있다. 이렇게 시간이라는 편안한 소파에 누워 있으면 아무 일을 하지 않아도 되는 것에 모든 일의 진정한 의미가 있다는 것을 깨달을 수 있다."

우리의 삶은 시간과 동일하다. 삶이 시간이고, 시간이 곧 삶이란 의미다. 살아 있는 사람만이 시간을 재고, 시간을 느끼고, 시간을 이용한다. 이 세상에서의 시간은 우리의 삶과 함께하며, 우리의 삶이 다하면 더 이상 존재하지 않는다. 내가 존재하므로 시간이 있고, 시간이 내게 있으므로 내가 살아 있다. 내가 시간을 죽이는 것이 아니라 시간이 나를 죽이는 셈이다.

주어진 시간이라는 의자에 누울지, 앉을지는 우리의 선택에 달려 있다. 주어진 시간의 의자를 안락의자로 만들지, 아니면 누워서 쉬기 위한 침대로 만들지는 순전히 나의 몫이다. 우리는 주어진 이 시간의 의자 위에서 기왕이면 열심히 살고, 사랑하며, 시간을 유용하게 보낼 줄 알아야 한다.

누구에게나 동일하게 주어진 60초로 이루어진 1분, 60분으로 이루어진 1시간, 24시간으로 이루어진 하루라는 시간들의 집합, 그 시간들을 의미 있는 시간들로 만드는 것은 오로지 나의 몫이다. 물론 그렇게 만드는 것은 마음의 여유에서 비롯된다. 시간은 아낀다고 아낄 수 있는 것이 아니다. 급히 서둘러 시간을 절약한다고 해서 시간을 저축할 수 있는 것도 아니다. 시간에 따라 여유 있게 일을 분배하고, 일을 하면서 창의적으로 시간을 이용하는 지혜를 배워야 한다. 예를 들어 반신욕을 하면서 동시에 할 수 있는 일들을 찾아보는 것이다. 반신욕을 하면서 동시에 다리를 움직이는 운동을 하거나 사색이나 기도를 하는 것도 시간을 창의적으로 쓰는 방법 중 하나일 것이다.

행복을 받아들일
마음의 준비가 되어 있는가

현대를 살아가는 우리는 정말로 바쁜 것 같다. 얼마나 바쁜지 잠시도 쉴 틈이 없다. 이를 예측이라도 한 것처럼 니체는 이렇게 말했다.

"당신은 행복을 찾아 너무 빠른 속도로 내달리기만 했다. 그래서 이 제는 더 이상 달릴 수 없는 지경에 이르고 말았다. 이제야 비로소 당신은 행복이 찾아들 기회를 얻은 것이다."

너무 바쁘게 살다 보면 행복이 무엇인지도 모르고 살아가게 된다. 그렇다고 해서 한가하게 쉬거나 놀거나 하라는 이야기는 아니다. 몸은 아무리 바빠도 마음가짐이 어떠냐에 따라 마음의 여유를 가질 수도 있고, 아닐 수도 있다.

아무 생각 없이 그냥 바빠서 허둥대는 사람에게는 행복이 들어갈 틈이 없어 행복해질 수 없다. 이 조급증, 불안감에서 벗어나야만 그 틈

"당신은 행복을 찾아 너무 빠른 속도로 내달리기만 했다.
그래서 이제는 더 이상 달릴 수 없는 지경에 이르고 말았다.
이제야 비로소 당신은 행복이 찾아들 기회를 얻은 것이다."
– 니체 –

새를 이용해 행복이란 손님이 찾아들 수 있다.

어느 날 아인슈타인에게 그의 제자가 이렇게 물었다.
"선생님, 선생님 같은 위대한 과학자가 될 수 있는 비결을 알려주십시오."
그러자 아인슈타인은 이렇게 대답했다.
"입을 적게 움직이고 머리를 많이 움직이면 되는 걸세."

우리에게는 머리가 있고 생각이 있다. 마음에 쌓인 것들 중에서 버릴 것은 버리고, 머리를 움직여 삶을 진지하게 생각하면 여유는 생기게 마련이다. 우리에게 여유가 없는 것이 아니라 바쁘다는 핑계로 인해 여유가 찾아들지 못하고 우리 주위를 빙빙 돌고 있을 뿐이다.

모든 것을 한꺼번에 완벽하게 하려는 완벽증을 병으로 인식하고, 모든 것을 다 가지려는 지나친 욕심병을 치료해야만 우리 안에 행복이 찾아들 수 있다. 늘 우리 주위에는 행복이 기다리고 있는데, 우리 자신이 그것을 받아들일 마음의 준비가 되어 있지 않아서 우리는 늘 바쁘기만 하고 행복하지 못한 것이다.

바쁜 일상에서 벗어나 마음의 안식을 취하고, 행복할 수 있는 지혜를 찾아야 한다.

마음의 옷 바꾸어 입기

'바쁘다 바빠!' 이런 마음으로 살다 보면, 세상에 존재하는 모든 것이 늘 같은 모습으로밖에 보이지 않는다. 그러다 보니 새로운 생각도 안 나고 늘 같은 일, 같은 말만 되풀이하게 된다. 새장 속의 앵무새를 놀리지만 자기 자신도 앵무새처럼 같은 짓만 되풀이하는 것을 모르고 산다.

때로는 같은 것이라도 새롭게 보이는 순간이 있어야 새로운 뭔가가 나와서 창의적인 사람이 될 수 있다. 가끔은 적당한 배고픔과 추위도 우리 삶에 자극제가 되어 우리로 하여금 사색을 하게 하고 뭔가를 달리 보는 시각을 갖게 한다.

부유한 가정에서 아주 귀하게 자란 젊은이가 있었다. 그런데 가세가 기울어서 거리에 나앉게 되었다. 그러던 어느 겨울날, 절망에 빠져 거리를 배회하던 그는 거리에 쓰러져 죽어가고 있었다. 다행히 어느 노인의 도움으로 깨어나 원기를 회복했다.

어느 날 그는 그 노인과 함께 길을 가고 있었다. 그렇게 길을 가다가 문득 노인이 멀리에서 빛나는 교회의 십자가를 가리키며 그에게 물었다.

"저기 보이는 저것이 무엇으로 보이나?"

"그야 당연히 십자가지요."

"그래 맞네. 그런데 다른 것으로는 보이지 않나?"

젊은이는 한참 그 십자가를 유심히 바라보았지만 그냥 십자가였다. 잠시 후 노인이 젊은이에게 이렇게 되물었다.

"학교에서 배웠던 더하기(+)로 보이지는 않는가?"

그제야 젊은이는 노인이 물은 의미를 어렴풋이 알아차렸다.

"젊은이, 자네는 지금껏 뺄셈만 하며 살아온 건 아닌가? 그래서는 될 일도 안 되네. 이제부터는 덧셈도 하는 훈련을 하며 살아보게. 삶이 확 바뀔 테니."

우리도 늘 같은 생각으로 아침에 일어나면 일터로 간다. 그렇게 하루하루가 다람쥐 쳇바퀴 돌듯 똑같은 모습으로 반복된다. 그러다 보니 세상 사는 재미가 없고 일마다 고역이며 스트레스만 쌓인다.

가끔은 우리의 일상을 새롭게 바라볼 줄도 알아야 한다. 지하철을 타고 지나치는 도시의 모습과 버스를 타고 지나치는 모습, 자가용을 타고 지나치는 모습, 그 모습들은 늘 같은 자리에 같은 모습으로 있어도 탈것에 따라 달라 보인다.

우리가 매일 대하는 아침 출근길, 그리고 저녁 퇴근길, 늘 반복되는 일상적인 일들, 그렇게 만나는 사람들 모두 늘 같아 보이지만, 그것들을 바라보는 마음의 각도를 조금만 달리하면 그것들은 전혀 다른 새로운 모습으로 다가온다.

우리 삶의 패턴을 가끔은 바꿔볼 필요가 있다. 때에 따라, 위치에 따라 가끔은 옷을 바꾸어 입듯이 마음의 옷도 바꾸어 입을 줄 아는 지혜가 필요하다.

마음의 징검다리 점검하기

어렸을 적 내가 다니던 시골 학교는 제법 먼 곳에 있었다. 학교에 가려면 개울물을 몇 개 건너야 했는데, 비가 오면 물이 불어나고 물살이 거세어져 흡사 강을 건너는 것 같았다.

그 개울마다 돌로 놓은 징검다리가 있었다. 그런데 간혹 양심 없는 아저씨들이 개구리를 잡으려고 그 징검다리를 지렛대로 온통 흔들어 놓는다. 그러고는 제대로 다시 놓지 않아 돌다리를 잘못 밟으면 돌이 옆으로 구르면서 개울물에 풍덩 빠지고 만다.

그 시골 학교에 근무하던 선생님이 있었다. 이분이 돌다리를 건너다가 그만 잘못 놓인 돌을 밟아서 물에 빠졌다. 선생님이 집으로 허겁지겁 달려가자 그의 어머니가 놀라서 물었다.

"어이구 저런, 물에 빠졌냐?"

"네, 잘못 놓인 돌다리를 밟아서 그만 이렇게……."

"그러면 돌은 다시 제대로 놓고 온 거야?"

어머니의 물음에 아니라고 대답하자, 어머니가 호통을 쳤다.

"그래가지고 네가 무슨 선생이냐. 빨리 가서 제대로 놓고 와서 옷 갈아입어!"

비록 작은 일이었지만, 그 일이 있은 후 선생님은 깨달은 바가 있어 선생님다운 선생님으로 훌륭한 삶을 살았다고 한다.

내 마음의 징검다리는 질서정연하게 놓여 있는가? 나의 삶은 누가 나를 딛고 설 수 있는 믿음직한 그런 삶인가?

아무리 바빠도 자신을 돌아보는 시간을 가져야 한다. 그 이유는 누구나 이 세상에 던져진 소명이 있고, 나름대로의 목표를 가지고 있다는 것을 깨달아야 하기 때문이다. 따라서 자신을 돌아볼 시간, 자신이 잘할 수 있는 것이 무엇인지 발견할 시간, 자신과 자신의 주변을 돌아보고 제자리를 찾을 수 있는 시간이 필요하다. 그것이 빠르게 갈 수 있는 힘이다.

CHAPTER 3
삶의 근육을 늘리는 시간

하나에 집중하기

고대 그리스로부터 전해 내려오는 이야기다.

키가 아주 큰 사람이 걸어가면서 오줌을 누고 있었다. 마침 지나가던 사람이 그를 보고 비난했다.

"당신 도대체 그 무슨 짓이오?"

그러자 그가 이렇게 말했다.

"언젠가는 똥도 달리면서 싸야 하는 시대가 오지 않을까요?"

학교에서는 50분 수업을 하고 10분은 휴식 시간이다. 학생들이 집중해서 공부할 수 있는 한계가 아마 그쯤 되나 보다. 일반인이 집중할 수 있는 시간은 길게 잡아야 30분도 안 될 것이다. 대부분의 사람들이 집중하지도 못하면서 기계적으로 일을 하고 있는 셈이다.

집중을 잘하느냐 못하느냐는 공부를 잘하느냐 못하느냐와 정비례한다. 집중해서 일하거나 공부하지 못할 바에는 차라리 쉬는 것이 낫다. 그럴 때에는 엉뚱한 오락을 해도 좋고, 하다못해 하늘 한 번 쳐다보는 것도 도움이 될 것이다. 집중을 잘하는 사람이 휴식도 충분히 취할 줄 안다. 집중이 안 될 때는 차라리 쉬는 것이 낫다는 것을 알고 있기 때문이다.

폭풍으로 성난 바다도 바람이 잦아들면 거짓말처럼 아주 고요한 바다가 된다. 열심히 일하는 사람은 일할 때는 일에만 집중하고 쉴 때는 아주 편안히 쉴 줄 안다. 하지만 제대로 집중해서 일을 하지 못하는 사람은 쉴 때도 안절부절못하고 충분한 휴식을 취하지 못한다.

열심히 그리고 후회 없이 최선을 다한 하루는 평안한 잠을 선물로 준다. 반면 오늘 해야 할 일을 제대로 하지 않고 대충 보낸 날은 잠자리에서도 불안하다. 일할 때 일하고, 놀 때 놀고, 쉴 때 확실히 쉬는 지혜가 필요하다. 휴식은 열심히 일한 사람에게 필요한 것이지, 빈둥빈둥 놀거나 마지못해 일하는 사람에게 필요한 것이 아니다. 열심히 일한 사람만이 충분히 쉴 자격이 있다.

자신의 능력과 처지를 제대로 파악하려면 자신을 솔직하게 돌아봐야 한다. 그래야 헛걸음을 안 할 수 있다. 자신을 잘 모르고, 그저 전진하려고만 하면 헛걸음으로 맴돌 수도 있다.

고통을 삶의 큰 전환점으로 삼으라

우리는 학교에서 여러 가지 학문을 배우고, 사회에 나오면 그 학문을 삶에 이용한다. 그중에서 수학은 많은 시간을 고민하게 만드는 어려운 학문이다. 하지만 그토록 어렵게 공부한 수학도 사회에서는 별로 쓸모가 없는 것 같다. 실생활에서 덧셈, 뺄셈, 곱셈, 나눗셈 정도만 할 줄 알면 살아가는 데 별 지장이 없다.

그런데 우리의 삶은 단순히 덧셈, 뺄셈, 곱셈, 나눗셈의 공식처럼 노력과 결과가 항상 정확하게 일치하는 것은 아니다. 결과는 노력과 정비례하는 것이 아니라 상황에 따라 다르게 마련이다. 그렇게 삶은 공식대로 되는 게 아니라서 더 의미가 있다.

우리나라에서는 '장발장'으로 잘 알려진 소설 『레미제라블(Les

Miserables)』의 작가 빅토르 위고(Victor-Marie Hugo)는 분명 위대한 작가였지만 사생활은 문란했다.

1841년 여름, 그는 자신이 가장 사랑했던 딸을 잃는다. 그의 딸 레오폰디노가 센 강에서 익사체로 발견되었던 것이다. 그는 그 죽은 딸의 시체를 하얀 천으로 덮으며 한없이 울었다.

"이건 내 죄 값이다. 죽어야 하는 것은 레오폰디노가 아니라 죄인인 나다."

그는 자신의 죄를 뉘우치며 오열했다.

그는 그날부터 문란했던 사생활을 청산하고 새로운 삶을 살았다. 그는 딸의 죽음으로 가족의 소중함과 진정한 사랑을 배웠던 것이다. 그런 그의 아픔을 녹여서 쓴 작품이 바로 그의 불후의 명작『레미제라블』이다.

고통을 불평하기만 하는 삶에는 언제나 불행만 남는다. 현명한 사람은 그러한 고통이나 불행한 사건을 삶의 큰 전환점으로 삼을 줄 안다. 삶은 결코 정해진 공식대로 되지 않음을 알기에 전환이 가능하다. 어떠한 문제 앞에서도, 어떠한 상황에서도 잠시나마 진정한 자신을 돌아보는 여유를 갖는다면 막혔던 문제의 장벽을 뛰어넘을 수 있고, 고통을 끝낼 수 있다.

너무 서둘러 달리며 앞에 나타나는 도로 바닥만 바라볼 것이 아니라, 때로는 하늘의 구름도 보고 때로는 옆에 펼쳐진 자연도 볼 줄 아는 넉넉한 마음, 별것 아닌 것 같지만 열린 공간에서의 사색이 마음의 여유를 되찾게 해준다.

26

시련이 나를 단단하게 할지니

아주 먼 옛날에는 신이 이 세상에서 인간과 함께 살았다고 한다. 어느 날 호두 농사를 짓는 사람이 신에게 찾아와 부탁을 한다.

"1년 동안 날씨를 제 마음대로 바꿀 수 있도록 제게 1년만 날씨를 맡겨주세요."

농부의 끈질긴 부탁에 신은 그에게 날씨를 마음대로 바꿀 수 있도록 허락했다. 농부가 햇빛을 원하면 날씨가 맑았고, 비를 원하면 비가 왔다. 그렇게 그가 원하는 대로 날씨가 바뀌었다.

농부는 나무 그늘 아래 누워서 잠만 자면 되었다. 드디어 가을이 왔다. 호두 농사는 다른 해와 비교가 안 될 정도로 풍년이었다.

농부는 아주 기뻐하며 산더미처럼 쌓인 호두 중 하나를 깨뜨려보았다. 그랬더니 그 속이 텅 빈 채 알맹이라곤 하나도 없었다. 농부는

"도전이 없는 것에는 알맹이가 들지 않는 법이니라.
폭풍 같은 방해물도 있고, 가뭄 같은 갈등도 있어야
껍데기 속의 영혼이 깨어나 여무는 것이니라."

그 호두를 들고 신에게 가서 어떻게 된 일이냐고 따졌다.

그러자 신은 빙그레 웃으며 이렇게 대답했다.

"도전이 없는 것에는 알맹이가 들지 않는 법이니라. 폭풍 같은 방해물도 있고, 가뭄 같은 갈등도 있어야 껍데기 속의 영혼이 깨어나 여무는 것이니라."

아주 평탄한 삶을 살아온 사람은 삶의 깊이를 모른다. 갈등과 고민, 괴로움과 힘겨움, 그런 것들을 당할 때는 피하고 싶지만, 그것이 우리의 인생을 단단하고 꽉 차게 만들어준다.

기왕에 사는 세상, 남이 갖지 못한 생각을 갖는다는 것, 남이 모르는 삶의 비밀들을 알아내며 살아간다는 것은 가치 있는 일이다. 지금일이 힘겨워도 유유히 헤쳐나가면 쨍 하고 해 뜰 날이 우리에게 도래한다.

지금 이 순간도 인생의 극히 짧은 한순간에 불과할 뿐인데, 지금 이순간의 아픔을 아픔으로만 기억하려 해서는 안 된다. 또한 지금 이 순간의 평화를 지나치게 믿어도 안 될 일이다. 우리 삶에 어떤 미지의 사건들이 기다리고 있을지 알 수 없다. 유유히 살아가다 보면 괜찮은 삶을 살아갈 수 있다는 믿음, 지금 우리에겐 그 믿음이 필요하다.

27

내 삶의 짐을 가볍게 여기라

사람은 태어나면서 세포분열을 통해 점점 성장한다. 하지만 그 성장도 잠시, 어른이 되었다는 생각이 드는 나이가 되면서부터 성장을 멈추고 쇠퇴하기 시작한다. 물론 그 쇠퇴의 정도가 미미하다 보니 눈치를 못 챌 뿐이다. 그러다가 마흔이 넘으면서부터는 쇠퇴가 더 빨라지니까 그제야 '이제부터 늙어가는구나' 하고 느끼기 시작한다.

그 나이가 되면 세상 모든 일이 무겁게 다가오기 시작한다. 사람을 만나는 일, 사람을 다루는 일, 그 관계를 단절하거나 유지하는 일이 모두 짐으로 다가온다. 또한 가정에서도, 사회에서도 중추 역할을 하는 시기라 모든 게 짐이다. 그 많은 사람들 중에 내가 제일 무거운 짐을 진 것처럼 느껴진다.

언제나 불평만 가득한 사람이 있었다. 그래서 그는 늘 자신이 제일 재수 없는 사람이라고 생각했다. 어느 날 마을 사람들이 모여서 멀리 있는 곳으로 짐을 나르게 되었다. 그 사람도 다른 사람들과 함께 짐을 지고 길을 떠났다.

그렇게 한참 가다가 그는 문득 자기가 지고 있는 짐이 다른 사람들의 짐보다 더 무겁고 크게 느껴지자, 자기는 참 재수 없는 사람이라고 생각하며 풀이 죽어 뒤처져 걸었다.

너무 먼 길이라 마을 사람들은 중간에서 하룻밤을 자고 가게 되었다. 그는 남들이 잠든 틈을 타서 짐을 쌓아둔 곳으로 갔다. 어둠 속에서 그는 짐을 하나씩 들어보면서 가벼운 짐을 골랐다. 그러고는 그중 제일 작고 가벼운 짐에다 자기만 아는 표시를 해두었다.

아침이 되자, 그는 제일 먼저 일어나 짐이 있는 곳으로 달려갔다. 당연히 표시해두었던 짐을 찾아 짊어지고 길을 나섰다. 하지만 그 짐은 어제 하루 종일 불평하며 자기가 짊어지고 온 짐이었다.

이 어리석은 사람의 이야기는 다름 아닌 바로 우리 자신의 이야기다. 단지 우리는 그러한 자신을 들여다보지 못하고 있을 뿐이다.

세상을 불평 가득한 마음으로 보면 모든 게 짐이다. 세상을 부정적인 눈으로 바라보면 모두가 문제 덩어리다. 남들은 잘들 사는데 내 일만 꼬이고 안 되는 것같이 느껴지는 것이다.

하지만 세상을 감사하는 마음으로 바라보면 모든 일이 취미요, 놀이다. 모든 일이 문제가 아니라 술술 풀리는 재미있는 놀이가 된다.

지금 내 삶의 짐이 무겁다는 생각이 든다면 사색에 잠겨보는 것도 좋을 것이다.

잠시나마 일상에서 벗어나자. 가급적이면 낮은 산에라도 올라 아래를 내려다보라. 또는 색다른 무엇인가를 찾아보라. 삶의 짐이라고 느껴졌던 문제들을 털어낼 수 있을 것이다. 내 삶의 짐이 다른 사람들의 것보다 훨씬 가볍다는 생각이 들 것이다.

내 삶의 신호등

사람은 누구나 평탄하게 살기를 원한다. 하지만 살다 보면 이런서런 우여곡절이 있게 마련이다. 어찌 보면 그리 짧지 않은 삶에서 평탄한 삶의 길보다는 오히려 험난하고 예기치 못한 우여곡절이 더 많은 것 같다. 그런 삶 속에서 우리는 행복하기를 원하고, 나름대로 행복을 추구하며 산다. 그래서 사람들은 행복의 조건이 돈이라면 돈에 매달리고, 건강이라면 운동에 매달린다.

그래도 힘겨우면 행운을 잡기 위해 로또를 구입하기도 하고 경품 이벤트에 응모하기도 한다. 그런데 행운이란 것이 요리저리 잘도 빠져나가 우리를 약 올린다. 우리가 찾아가기 전에 그 행운이란 것이 우리를 찾아오면 참 좋을 텐데 말이다.

약속시간에 늦어 횡단보도 앞에 서 있을 때, 기다리기라도 한 듯 파란불로 바뀌는 행운은 늘 찾아오지 않는다. 바쁘면 바쁠수록 이상하게도 빨간 불이 켜졌을 때가 더 많다. 우리의 삶은 횡단보도에서 신호등을 기다리는 것과 흡사하다. 우리 마음의 위험 신호, 몸의 위험 신호를 무시하고 달려가면 자칫 몸과 마음이 황폐해질 수 있다.

내 삶의 신호등은 저절로 주어지는 것이 아니라 내가 만드는 것이다. 그 신호등이 파란불이든 빨간불이든 내가 만드는 것이다. 그럼에도 불구하고 우리는 우리가 가는 곳마다 파란불만 켜지기를 바란다.

비가 내리면 우산을 펴서 그 비를 피하고, 바람이 불면 벽에 기대어 바람을 피한다. 갯벌이 싫으면 장화를 신을 일이고, 가시에 찔리지 않으려면 장갑을 껴야 한다. 우리 모두는 이렇게 삶을 살아가는 지혜, 문제를 피해가는 지혜가 있다.

그런데도 문제만 생기면 여유를 잃고 그 문제 앞에서 당황한다. 우리 삶에 어려운 문제가 생기면 내 지난 삶을 돌아볼 기회로 삼을 것이며, 난관 앞에서 내 능력과 가치를 점검해볼 일이다.

우리 삶의 빨간불을 억지로 수동으로 조작하기보다는 여유롭게 그 불이 파란불로 바뀌기까지 그동안의 삶을 돌아보는 여유를 가질 일이다. 아무리 어려운 일 앞에서도 여유를 잃지 않는 자기 성찰만 있다면, 내가 가지고 있는 그 무한한 잠재능력은 얼마든지 꺼내 쓸 수 있다.

절망을 희망으로 바꾸는
미소의 기적을 경험해보라

내게 다가오는 매순간 미소를 띠며 살 수만 있다면, 그래서 아침에 참으로 평온하고 자애로운 미소로 하루를 시작하고, 저녁에 넉넉한 미소로 하루를 마무리한다면, 내 삶은 멋지고 아름다운 날들이 될 것이다.

아무리 세상이 나를 아프게 하고, 때로는 힘겨워 쓰러질 것 같다 해도 정신 차리고 미소 한 번 지을 수 있는 마음의 여유만 있다면 그 절망의 순간들을 희망으로 바꿀 수 있다.

견디다가 결국 쓰러지는 사람도 많다. 쓰러진 김에 아예 누워버리는 사람도 있다. 하루하루를 버겁게 보내는 이들이 우리 주위에는 너무나 많다.

그래서 이렇게 미소라느니, 행복이라느니, 사랑이라느니, 여유라느니, 이러저러한 좋은 단어를 쓴다는 것조차 사치스럽게 느껴질 때가 많다. 내가 평온하면 다른 사람의 고통을 짐작이나 할 뿐이지 다는 모른다. 그러나 절망하는 사람들에게 사치스럽게 느껴질지도 모르는 이것들이 결국에는 절망을 희망으로 바꾼다는 것을 나는 안다.

생계를 위해 노동자 생활을 하는 사람과 노동자를 위한다는 좋은 취지로 노동운동을 했던 사람들의 삶은 본질적으로 다르다. 물론 그 일의 농도는 같을지 몰라도 그 마음의 농도는 전혀 다르다. 나는 생계를 위해 구로공단에서 힘겨운 노동자 생활을 한 적이 있다. 그래서 노동자의 비애를 누구보다 잘 안다.

지금 여기에 있는 나, 참 행복한 사람이다. 정말 행운아다. 이제 나는 그들에게 뻔뻔스럽게 긍정적인 생각으로 살라고 이야기한다. 행운은 부정적으로 사는 사람이 아니라 긍정적으로 사는 사람에게만 찾아온다는 것을 알기 때문이다.

그래서 나는 오늘도 절망하는 이들에게 희망을 이야기하고, 행복을 이야기한다. 슬퍼도 웃고, 힘겨워도 웃어야만 행복할 수 있음을 알기 때문이다. 희망과 행복, 행운은 미소의 편이지 눈물의 편이 아니기 때문이다.

데일 카네기(Dale Carnegie)는 미소에 대해 이렇게 예찬하고 있다.

"미소는 짧지만 그 기억은 아주 오래 남는다. 미소 없이 부자가 된 사람은 없으며, 미소 짓는 사람치고 가난한 사람은 없다. 미소는 가정에 행복을 더하며, 사업을 번창하게 한다. 미소는 친구 사이를 더욱 가깝게 해주고, 피곤에 지친 사람에게는 휴식이 된다. 미소는 우는 사람에게 위로가 되어주고 인간의 모든 독을 제거하는 해독제다. 하지만

"미소는 짧지만 그 기억은 아주 오래 남는다.
미소 없이 부자가 된 사람은 없으며, 미소 짓는 사람치고 가난한 사람은 없다.
미소는 가정에 행복을 더하며, 사업을 번창하게 한다.
미소는 친구 사이를 더욱 가깝게 해주고, 피곤에 지친 사람에게는 휴식이 된다.
미소는 우는 사람에게 위로가 되어주고, 인간의 모든 독을 제거하는 해독제다.
하지만 미소는 돈으로 살 수도 없으며, 빌릴 수도 없고, 훔칠 수도 없다."

- 데일 카네기 -

미소는 돈으로 살 수도 없으며, 빌릴 수도 없고, 훔칠 수도 없다."

　피곤에 지친 사람에게 휴식이 되어주고, 우는 사람에게 위로가 되어주며, 인간의 모든 독을 제거하는 해독제, 이것이 바로 미소의 힘이다. 자, 오늘도 피곤에 지치고 절망하며 슬퍼하는 나를 위해 혹은 다른 누군가를 위해 미소를 지어보자. 절망을 희망으로 바꾸는 미소의 기적을 직접 경험해보라.

고통을 삶의 자극으로 받아들이는 마음

우리는 누구나 평안한 삶을 원한다. 그 평안한 삶을 위해 사람들은 열심히 돈을 벌려고 무진 애를 쓴다. 그러다 제법 살 만한 생활기반을 마련하면, 얼마 안 있어 덜컥 몸져눕거나 저세상으로 가는 경우를 종종 본다. 고생할 때는 잔뜩 긴장하다가 갑자기 긴장이 풀렸기 때문이다. 삶에서 어느 정도의 긴장은 필요한 법이다.

러시아 과학자들이 쥐를 두 부류로 나누어 실험을 해보았다. 편안한 생활이 생명을 연장하는 데 도움이 되는지를 알아보기 위해서였다.
한 그룹은 아주 이상적인 환경에서 살게 했다.
다른 한 그룹은 생명의 위협을 느끼면서 살게 했다.
어느 그룹이 더 오래 살았을까?

실험 결과, 이상적인 환경에서 살던 쥐들이 먼저 생기를 잃고 병들어가기 시작했다.

이와 마찬가지로 인간도 정신적인 것이든, 육체적인 것이든 일정 자극이 필요하다. 인간은 노동이라는 축복을 안고 태어난 존재다. 노동하지 않는 인간은 쓸데없는 고민에 빠지거나 우울증을 앓거나 무료함을 이기지 못하고 결국 생기를 잃고 병들고 만다.

그래서 일하는 사람이 일 없이 보내는 사람보다 더 젊게 사는 것이다. 주어진 일에, 주어진 고통에 감사하는 마음의 여유를 가지고 살아야 하는 이유가 바로 여기에 있다. 내게 주어지는 약간의 고통, 나를 피로하게 만드는 일, 이것들이 나에게 주어진 것을 감사하며 살아야 한다.

31

바다를 닮은 사람

살면서 우리는 때때로 생각에 깊이 침잠하곤 한다. 나는 스물아홉 살의 마지막 밤을 꼬박 새우며 거의 시집 한 권 분량의 시를 썼다.

내 삶은 내가 책임지며 살아야 한다.

그 누구도 내 삶을 대신 살아줄 수는 없다.
아무리 나와 가까워도 나를 책임질 사람은 나뿐이다.
나는 오로지 나의 것이기에
내 스스로 지키며 살아야 하고
내 슬픔은 내 것이어야 하기에
주위의 누구에게도 불편한 존재가 되지는 말 일이다.

살아 있는 한,

나의 말

나의 행위

내 생각

그 모두에 스스로 책임을 져야만 한다.

스스로 서자

스스로 가자

혼자 일어서자

작은 조각의 농담으로 인해 파생되어

그 누군가에게 피해가 되는

그 무엇도 내가 책임져야만 한다.

그리고 10년이 지나 서른아홉 살의 마지막 날에 나의 생각은 바뀌어 있었다. 인생의 반환점에 서 있다는 그 무게가 더 무겁게 느껴지던 날이었다. 마흔이라는 관문에 들어서야 한다는 생각에 그날 밤도 나는 참으로 많은 사색의 글을 쏟아냈다.

인생의 절반을 산 지금

그 바다 같은 사람 하나 만나고 싶다.

많은 것을 갖고 있으면서

침묵하고 있는 사람

많은 생각을 하고 있으면서
무심한 척하는 사람

그래서 언제 그 비밀을 드러낼지 모르는
바다를 닮은 사람

겨울 바다를 닮은
여름 바다를 닮은
봄 바다를 닮은
가을 바다를 닮은

늘 같아만 보이는
그러나 많은 것을 감추고 있는
많은 것을 담고 있는
그런 사람을 만나고 싶다.

그렇게 우리는 살아가면서 삶의 꼬리 자르기를 하며 살아간다. 내 과거의 꼬리를 자르고, 내 습관의 꼬리를 어느 순간부터 잘라내고, 그렇게 세상에 적응하며 이전의 나에게서 멀어지기도 한다.

세월이 흐른 만큼 변한 내가 때로는 낯설어 보인다. 그래도 가끔은 지난날의 나를 돌아보는 마음의 여유를 가지고 이전의 좋았던 나를 다시 찾을 줄도 알아야 한다. 이제는 모든 것을 포용할 줄 아는 마음의 여유를 가진 바다를 닮은 사람이 되고 싶다.

비워야 채울 수 있다

온통 시멘트로 뒤덮인 도시의 거리, 지나가는 사람들의 모습은 참으로 다양하다. 어쩌면 그렇게 걸음걸이도, 옷차림새도 다 다른지 모르겠다. 그런 걸 보면 인간은 똑같아진다는 것이 더 어려울 것 같다.

일하는 모습도, 살아가는 모습도 어쩌면 그리 다양한지 그 자체가 참으로 신비롭다.

어떤 사람은 매일 바빠서 갈팡질팡한다. 어떤 사람은 많이 저축을 해두었는지 마냥 여유롭다. 하지만 바쁘게 움직인다고 일을 잘한다거나 많이 하는 것도 아니다. 여유를 부리면서 자기 할 일을 다 하는 사람도 있다.

그래서 사람은 때로는 한가한 시간도 가져보아야 일의 시급도 알고, 때로는 바빠 보아야 한가한 시간에 할 일거리도 생각할 수 있다.

항상 바쁘기만 한 사람은 멈추지 않는 전차와 같다.

프리드리히 슐레겔(Friedrich Schlegel)은 한가함에 대해 이렇게 말했다.

"오 한가함, 한가함이여! 너는 순수함과 열망을 자라게 하는 생명의 숨결이다. 복된 사람들은 너를 호흡하고, 너를 지닌 사람은 행복한 사람이다. 너, 거룩한 보물이여! 너는 우리가 잃어버린 낙원에서 우리에게 남겨진 유일한 것이며, 하나님을 닮은 조각이다."

마냥 바쁘기만 한 사람은 조급증 때문에 서서히 병들어간다.

키에르케고르는 "한가함은 나쁜 것이 아니다. 오히려 한가함이 얼마나 중요한지 모르는 사람은 아직 충분히 성숙한 인간성을 지니지 못한 사람이다"라고 말했다.

우리를 행복하게 하는 것은 물적 조건이 아니라 정신적 조건의 충족이다. 마찬가지로 여유가 없는 사람, 늘 바쁘게 움직이는 사람은 날마다, 아니 매순간 행복이 찾아오지만 그 행복을 느끼지 못하고 살아간다.

신은 인간에게 매순간 행복을 느낄 수 있도록 축복을 내려주었지만 그 행복을 제대로 찾아서 향유하는 사람은 많지 않다.

가을에 모든 것을 비우고 겨울을 맞고 아름다운 봄을 맞을 준비를 하듯, 우리도 그 아름다운 행복을 맞을 수 있도록 마음을 비워두어야 한다.

세상에서 분리되어
완전히 혼자가 되는 시간을 가져보라

가지고 있는 모든 것을 하나씩 벗는다. 옷, 가방, 핸드폰, 열쇠꾸러미, 지갑……, 소지하고 있던 모든 것을 벗어놓고 완전한 빈 몸이 된다.

목욕탕!

계속 울려대는 전화에도 무반응이다. 그 어느 누구의 간섭이 필요 없는 그런 시간이다. 살아가면서 이렇게 자유로운 시간이 그리 많지 않다. 사람으로부터 핸드폰으로부터 자유로운 오로지 나 혼자만의 시간을 가질 수 있는 곳이 바로 목욕탕이다.

현대 문명은 이렇게 우리에게 늘 긴장을 주고 간섭을 한다. 하지만 모든 것을 벗어놓고 이렇게 물속에 잠겨 있는 시간만큼은 세상이 뒤집어지지 않는 한, 마냥 혼자일 수 있어 자유롭다. 때로는 자연 속에서 핸드폰의 전원을 끈 채 세상의 소리란 소리에서 멀어져 오직 혼자만의 시간을 갖기도 한다. 바람소리만 들려오는 그런 침묵 속에서 혼자만이 느낄 수 있는 세상의 소리와 내 안에서 들리는 내면의 소리를 듣는다.

"어디에도 매이지 않고 흘러가는 구름처럼 나는 나를 편안히 놓아본다. 바람에 나를 맡기고 바람 부는 대로 흐른다"는 료칸의 말처럼 나를 붙잡고 있는 세상의 모든 간섭에서 나를 내려놓는다.

누가 나를 붙잡고 있는 것도 아닌데, 우리는 스스로에게 잡혀 있으면서 다른 사람을 탓하며 불편해하고 있는지도 모른다.

세상을 살다 간 사람들도 그러하였고, 지금을 살고 있는 이들도 그러하고, 차후에 내 뒤를 이어 살아갈 이들도 그러할 것이다. 그런데도 사람들은 같은 길을 가면서도 아주 복잡하게 살고 있다.

내가 누군가에게 간섭받거나 구속받기를 원하지 않듯이, 나도 누군가를 간섭하거나 구속하지 않아야 한다. 가끔은 세상에서 분리되어 완전히 혼자가 되는 나만의 시간을 가짐으로써 나를 돌아보는 여유를 가져야 한다.

"어디에도 매이지 않고 흘러가는 구름처럼 나는 나를 편안히 놓아본다.
바람에 나를 맡기고 바람 부는 대로 흐른다."
– 료칸 –

순리대로 살기

순리대로 살아간다는 것이 별것 아닌 것처럼 느껴지지만, 순리대로 살기란 그리 쉽지 않다. 물을 보면 순리란 것이 무엇인지를 알 수 있다.

물은 흐르다가 웅덩이를 만나면 그 웅덩이를 다 채우고 나서 또 흐른다. 둥그런 그릇에 담으면 둥근 모습으로, 네모난 그릇에 담으면 네모난 모습으로 존재하는 것이 물이다. 이처럼 물은 순리대로 산다는 것이 어떤 것인지를 극명하게 보여준다.

『채근담』에 이런 이야기가 나온다.

"사람은 대자연과 일대일의 존재다. 자신을 벗으로 삼고, 아무것에도 구속되지 않으며, 내 마음이 주인이 되어 살아간다면 그 이상 평안한 세상이 없다. 즉, 대자연의 만물을 내 마음대로 이용할 수 있어야 한다. 내가 만물에 이용당한다면 항상 고통이 떠나지 않는다. 사람은 재물의 노예가 되기 때문에 얻지 못하면 슬퍼하고, 가지고 있으면 잃을까 근심한다. 사람이 재물에 구속당하면 한 오라기의 머리털에도 자신을 결박당하게 된다. 차라리 개개의 물건에 구애되지 않고, 대자연 전부를 나의 주재 하에 둔다면 유유자적하여 불행도 행복도 다 초월할 수 있다."

자연과 동일한 인간의 본성을 무시하고 살아가기 때문에 우리는 늘 여유가 없다. 여유가 없다 보니 초조해지고 불안해지고, 하는 일마다 스트레스가 되는 것이다.

물이 높은 곳에서 낮은 곳으로 흐르고 비어 있는 공간을 채우고 나서야 다시 흐르며 여러 가지 모양의 그릇에 그 모양대로 자연스럽게 담기듯이 우리도 여유를 가지고 순리대로 살아야 한다. 부족함은 겸손으로 채울 줄 알고, 바쁘면 돌아갈 줄도 알고, 벽을 만나면 겸허하게 한 발 뒤로 물러설 줄도 알아야 한다.

35

스파르타식으로 마음 단련하기

형편이 어려워 독학으로 검정고시를 준비하면서 나는 이런 좌우명을
가졌다.

"남과 같은 조건에서는 남보다 나아지는 것도, 남과 같아지는 것도
의미가 없다. 남보다 못한 조건에서 최소한 남만큼 될 수 있거나 남보
다 나을 수 있을 때 의미가 있다."

남보다 못한 지금의 상황을 부정적으로 보기보다는 남보다 못한
상황을 딛고 일어서는 스파르타식 정신이 필요하다.

스파르타는 고대 그리스의 최강 도시국가였다. 스파르타는 엄격한
교육과 강도 높은 훈련을 통해 용맹스러운 전사들을 배출했다. 이러
한 스파르타의 엄격하고도 강도 높은 교육 방식을 일컬어 스파르타식

교육이라고 한다.

어느 날 짧은 검을 지급받은 한 전사가 지휘관에게 이렇게 요청했다.

"제가 받은 검은 너무 짧아서 전투에서 너무 불리합니다. 검을 바꾸어주십시오."

그러자 지휘관은 그에게 "검이 짧으면 한 발짝 더 빨리 적진 속으로 들어가라. 문제는 검이 아니라 한 발짝 더 앞서는 정신이 있느냐 없느냐다"라고 말하면서 그의 어깨를 두드리며 독려했다.

세상을 산다는 건 누구에게나 녹록지 않다. 어느 누구에게나 일정 부분 슬픔도 있고 아픔도 있다. 단지 그런 것들을 속으로 삭이면서도 얼마나 용기 있게 살아가느냐가 다를 뿐이다.

지금 처한 자신의 환경을 원망하거나 경기 탓만 하고 있으면 앞으로 한 발짝도 앞으로 나가지 못할 뿐만 아니라 지금 있는 그 자리에서마저 뒤로 밀려날 것이다. 지금 우리에게 필요한 것은 스파르타식 도전 정신이다. 위험하다 해도 기꺼이 앞으로 나아가려는 자에게 기회는 온다. 멀찌감치 물러서서 요행만 바라면 할 수 있는 일은 아무것도 없다.

그 누구도 책임져주지 못할 내 삶을 스스로 짊어지고 꿋꿋하게 가야 한다. 그러려면 스파르타식으로 내 마음을 단련시켜야 한다. 지금, 자신을 솔직한 마음의 거울에 비추어보라. 어떤 시련이 와도 끄떡하지 않을 자신이 있는가? 남보다 못한 상황에서도 남보다 한 발짝이라도 더 전진하려는 근성을 가져야 한다.

세상을 산다는 건 누구에게나 녹록지 않다.
어느 누구에게나 일정 부분 슬픔도 있고 아픔도 있다.
단지 그런 것들을 속으로 삭이면서도 얼마나 용기 있게 살아가느냐가 다를 뿐이다.
그 누구도 책임져주지 못할 내 삶을 스스로 짊어지고 꿋꿋하게 가야 한다.
지금, 자신을 솔직한 마음의 거울에 비추어보라.
어떤 시련이 와도 끄떡하지 않을 자신이 있는가?

CHAPTER 4
내 소중한 삶을 위로하는 시간

모든 일에 감사하는 마음을 가져라

하나님이 천지를 창조하시고 쉬고 있던 어느 날 사탄이 찾아왔다. 사탄은 심각한 표정을 지으며 이렇게 물었다.

"당신은 빛을 만드시고는 '빛을 보니 좋았더라'고 하셨지요. 또한 땅과 하늘을 만드시고도 '보기에 좋았더라'고 했지요. 그런데 왜 사람을 만드셨을 때는 사람을 보니 좋았더라는 직접적인 표현을 하지 않은 겁니까?"

그러자 하나님은 사탄에게 이렇게 대답하셨다.

"내가 빛과 땅, 그리고 하늘은 완성품으로 만들었지만, 인간은 만들 때에는 완성시키지 않았기 때문이지."

그러고는 이렇게 한 마디 덧붙여 말씀하셨다.

"그렇게 한 이유는 인간에게 자신의 완성을 위한 책임을 맡겼기 때

이 세상에 존재하는 모든 것들을 사랑할 수밖에 없다.

이 세상에는 사랑하고 감사하며 기뻐해야만 할 일들이 많다.

누구나 미완의 나를 완성할 소명이 있다.

그 소명을 기쁨으로 받아들이고 좋은 성과를 얻기 위해서는

감사하는 마음이 있어야 한다.

감사는 부정을 긍정으로 바꾸고, 원망을 기쁨으로 바꾸어주는 촉매제다.

문이지."

성경에 보면 하나님은 모든 여건을 다 창조하고 나서 마지막으로 인간을 이 땅에 창조하신 것으로 기록되어 있다. 빛, 땅, 하늘, 자연에서 삶의 이치를 배우면서 인간 스스로가 자신을 완성하라는 의미였을 것이리라.

아침 메일을 쓰기 시작하여 어느덧 3,000회가 넘었다. 100회 정도 쓰면 밑천이 거덜 나겠지 했는데 여기까지 왔다. 부족함을 부족함으로 보지 않고 늘 격려해주는 이들이 있어서 힘을 얻었고, 아침 메일을 쓰면서 나 또한 성숙해졌다.

신도 인간도 성실함을 좋아해서 그런지 여기까지 올 수 있었다. 건강이 허락하지 않았더라면, 머리가 완전히 멈추어버렸더라면, 마음의 안정을 찾지 못했더라면 이렇게 아름다운 아침을 장식하는 많은 편지를 보내지 못했을 것이다.

그래서 하나님이 고맙고, 이 글을 읽어주는 이들이 참으로 고맙다. 그래서 하나님을 사랑하고, 내 이웃을 사랑하고, 이 세상에 존재하는 모든 것들을 사랑할 수밖에 없다. 이 세상에는 사랑하고 감사하며 기뻐해야만 할 일들이 많다. 누구나 미완의 나를 완성할 소명이 있다. 그 소명을 기쁨으로 받아들이고 좋은 성과를 얻기 위해서는 감사하는 마음이 있어야 한다. 감사는 부정을 긍정으로 바꾸고, 원망을 기쁨으로 바꾸어주는 촉매제다.

정신과 육체의 균형 맞추기

처음에 아기로 태어났을 때의 사람의 모습은 대동소이하다. 처음엔 배로 기어서 극히 짧은 공간을 이동하다가 팔과 다리에 좀 더 힘이 붙게 되면 네 발로 긴다. 그러다가 뒤뚱뒤뚱 중심을 잡으며 두 발로 선다. 그러고는 걷고 뛰고 하다가 세 발로 걷고, 다시 네 발로 기는 것이 사람이다.

성장 과정과 육체적인 변화는 비슷하지만, 살아가는 모습은 각자 판이하게 다르다. 삶은 자신이 처한 환경을 비롯한 여러 가지 요인에 영향을 받지만, 무엇보다도 중요한 영향을 미치는 것은 그 사람의 마음가짐, 사고방식, 행동양식이다.

우리는 생각이라는 위대한 도구로 우리의 삶을 장식해간다.

니체는 "고요히 누워서 가능한 한 적게 생각하는 것은 영혼이 앓는 모든 질병에 가장 효과가 빠른 약이다. 좋은 마음으로 이 처방을 실천해나가면 한두 시간 후에 차츰 회복된다"라고 말했다.

가끔 생각을 멈추고 아무 생각 없이 쉬는 것도 삶에 도움을 준다. 생각 없이 사는 것처럼 어리석은 일도 없지만, 지나치게 많이 생각해 자신의 영혼뿐 아니라 육체까지도 상하게 하는 건 더 어리석은 일이다.

지나치게 많은 생각은 자신의 삶을 엉킨 실타래처럼 꼬이게 만든다. 반면 적당히 생각하고 사색을 즐기는 사람은 현실에서 꼬인 문제를 한 올 한 올 풀어낼 수 있는 여유를 갖게 된다.

"몸이 아파 병상에 누워 있는 사람은 병 때문에 억지로 얻은 휴식을 취하면서 비로소 자신이 그동안 살면서 일하고 있던 주변 세계와 맺은 관계가 병들어 있다는 것을, 자신에 대한 현명한 통제력과 침착함을 잃어 결국 몸져눕게 되었다는 것을 깨닫는 지혜를 터득하게 된다"라고 니체는 말했다.

우리의 몸과 영혼은 무한한 가동력이 있는 것이 아니라 한계가 있다. 그러므로 적당한 휴식과 안정, 그리고 자기통제가 필요하다. 우리는 모두 신이 아니라 인간이기 때문에 자기 능력에 과부하가 걸릴 수 있다.

정신노동을 하는 이들은 때로는 육체노동을 하면서 자기를 돌아보아야 하고, 육체노동만을 하는 사람은 때로는 머리를 쓸 수 있는 일을 일부러라도 해야 한다. 정신과 육체의 교감, 균형 혹은 조화가 필요하다. 정신노동과 육체노동이 적절한 균형을 이루어야만 건강하다.

정치와 문화 그리고 경제가 골고루 발달해야만 국민의 행복지수가 높아지듯이, 정신과 육체가 조화롭게 균형을 이루어야만 건강하고 행복한 삶을 살 수 있는 것이다.

입가에 남는 차의 여운을 느껴보라

작은 강가든, 호숫가를 지날 일 있으면 조약돌 하나 집어 들고 물위로 던져서 물수제비뜨기를 하거나, 그냥 물로 던진 다음 작은 동심원이 점점 커져가는 모습을 바라보는 여유를 갖자.

창을 통해 들어오는 따사로운 햇살의 온기를 살갗으로 느끼면서 창가에 턱 고이고 앉아 로댕의 조각상처럼 생각하는 사람이 되어보는 것도 좋다. 평소에는 아무 생각 없이 그냥 마시던 차나 뜨거운 커피를 향을 맡아가며 한 모금씩 음미해보기도 하고, 입가에 감도는 차와 커피의 여운이 다름도 느껴보자. "너무 진하지 않은 향기를 담고"로 시작되는 〈찻잔〉이라는 노래를 읊조리며 찻잔을 통해 전해오는 따뜻한 온기를 손바닥으로 느껴보는 것도 좋을 것이다.

아니면 길을 걸으며 나와 아무런 상관없는 이야기들을 들어보자.

나와 상관없으니 부담도 없고 모든 소리가 어쩌면 소음으로 들려올지도 모르지만 그래도 귀 기울여보자.

책상이 아주 어지럽게 널려 있더라도 그냥 그대로 흐트러진 대로 물끄러미 바라보는 여유를 가져보자. 이 보잘것없는 작은 여유로도 많은 생각을 할 수 있다. 세상이 의미 있는 건 작은 변화에도 민감하게 반응하는 감성이 있기 때문이다. 민감한 감성은 세상에 친근하게 다가가 의미를 부여해준다.

우리 사는 세상이 여유 있고 살 만해지려면, 내가 상대를 믿어주고 상대가 나를 사랑해주어야 한다. 상대가 존재하는 이유는 내가 있어서이고, 내가 존재하는 이유는 상대가 있어서다. 우리의 그런 고백이 있을 때, 그렇게 진솔한 마음 나눔이 있을 때 행복은 찾아온다.

행복해서 웃는 게 아니라
웃어서 행복해진다

우리의 작은 배려, 그 작은 움직임만으로도 우리가 살고 있는 이 세상이 따뜻해질 수 있다면, 그래도 우리 사는 세상은 아름답다. 이 세상이 우리에게 아름답게 다가올지, 아니면 추하게 다가올지는 우리의 작은 움직임, 작은 마음가짐에 달려 있다.

우리가 누군가에게 3초간 보내는 작은 미소로도 세상은 따뜻해질 수 있다. 세상을 아름답고 따뜻하게 만드는 것은 멀리 있는 거창한 것이 아니라, 그 누구도 빼앗을 수 없는 우리 마음속에 숨 쉬고 있다.

"행복해서 웃는 게 아니라 웃어서 행복해진다"는 말이 있다. 행복은 저절로 오는 것이 아니라 스스로 만드는 것이다. 늘 웃음을 띠며 사람을 대하는 이들을 보면 본래의 모습보다 열 배는 예뻐 보인다. 웃는 모습만 봐도 정겹고, 나와 아무 관계가 없어도 웃는 사람과 이야기를 나누는 것으로, 아니 웃는 사람을 바라보는 것만으로도 마음이 즐겁다. 미소는 자신의 얼굴을 아름답게 변모시킬 뿐만 아니라 상대를 즐겁게 만드는 매혹적인 무기다.

우리 사는 세상이 미소 하나로도 따뜻하고 정겨움이 넘치는 세상이 될 수 있다는 것에 감사하며 오늘도 그렇게 미소를 나누며 살고 싶다.

과거를 돌아보며 삶을 복습하라

산에 오르다 보면 어느 방향에서 어떻게 보느냐에 따라 느껴지는 산의 아름다움이 다르다. 늘 사람들 속에서 시달리다가 사람들이 사는 세상을 벗어나 산에 오르면 세상이 전혀 다르게 보인다.

산을 오르는 과정에서 고도와 방향이 달라지면 같은 산도 다르게 보이고, 그곳에서 보이는 세상도 다르게 보인다. 가끔은 세상을 내려다보는 것을 잊은 채 앞으로만 전진할 때도 있다. 색다른 세상을 내려다보기 위해서는 오르던 걸음을 잠시 멈추고 뒤로 돌아서 산 아래를 내려다보아야만 한다.

우리의 삶도 때로는 달려가던 걸음을 멈추고 내 삶을 뒤돌아 반추하는 시간이 필요하다. 우리는 어떤 형태로든 조금씩이라도 시행착오를 겪고 그 시행착오로부터 교훈을 얻는다. 이처럼 시행착오가 꼭 나쁜 것만은 아니지만, 같은 시행착오를 되풀이해서는 안 된다.

생각 없이 앞만 보며 살다 보면, 똑같은 시행착오를 반복할 수도 있다. 공부할 때는 예습도 필요하지만 복습도 필요하다. 실제로 공부하고 난 후에 그것을 그대로 방치하면, 기억 속에서 사라져버려 온전한 지식이 되지 못한다. 확실한 지식으로 만들기 위해서는 무엇보다도 복습이 필요하다. 이처럼 우리도 잠시 여유를 가지고 삶을 되돌아보아야 한다. 과거의 경험을 나의 재산으로 삼으려면, 과거를 돌아보며 삶을 복습해야 한다.

산에 오르다 뒤를 돌아보며 사방을 조망하면서 갖는 여유는 내 삶을 반추하는 좋은 기회다.

늘 사람에 시달리며 살다가 이렇게 산에 오르면서 거친 들숨과 날숨을 되풀이하며 우리는 많은 생각을 한다. 어쩌다 쉬운 길을 만나면 나 자신과 이야기를 나눈다. 내 삶을 돌아보는, 그리고 내 삶을 정리해보는 소중한 여유의 순간이다.

산을 오르는 일은 이렇게 몸 건강뿐 아니라 정신 건강에도 도움이 된다. 자연과 교감하면서 내 삶을 뒤돌아보는 여유를 즐기기 위해 오늘도 나는 산에 오른다.

정감 가는 따뜻한 단어들로
마음을 가득 채워라

영어를 공용어로 쓰지 않는 비영어권 102개국 4만 명에게 70단어를 제시하고 정감이 가는 단어를 고르게 했더니 1위가 어머니(mother), 2위는 열정(passion), 3위는 미소(smile)였다. 그 밖에 사랑(love), 영원 (eternity), 환상(fantasy), 목적(destiny), 자유(freedom, liberty), 고요(tranquility) 등의 단어가 꼽혔다고 한다.

여기에 제시된 단어들 중 어머니를 제외한 모든 단어들은 추상명사다. 사람들이 보편적으로 좋아하는 단어들은 대동소이한 것 같다. 하지만 우리에게 정감을 주는 이 단어들을 우리는 하루에 몇 번이나 사용하는지 생각해보자.

아마도 이 단어들에 정감을 느끼는 이들은 그나마 정서적인 여유를 가지고 살아가는 이들이라고 볼 수 있다. 우리 두뇌 속에 머물러 있는 단어들이 우리의 사고를 지배하기 때문이다.

우리의 두뇌 속에 간직된 단어들 중에서 지금 당장 입 밖으로 내보내고 싶은 단어들은 혹여 부정적인 단어들일지도 모른다. 기왕이면 정감 있는 단어들로 우리 마음을 가득 채워야 한다. 그래야 긍정적이고 정감 있는 말들이 무의식적으로 나올 수 있을 테니까.

이런 말들은 말에서 그치지 않고 우리 삶을 바꾸는 힘을 가지고 있다. 정감이 가는 따뜻하고 긍정적인 말들을 떠올리고 실제로 말해보자. 그만큼 세상이 달라 보일 것이다.

나답게 살기

사람들이 세상을 살아가는 모습은 참으로 다양하다. 격에 맞게 살아간다는 건 그리 쉽지 않은 것 같다. 자기답게, 자리와 나이, 위치에 맞게 살기란 참 어려운 일이다.

대통령이 대통령답고, 정치인이 정치인답고, 공무원이 공무원다우면 나라가 잘되고 편안할 것이다. 상사가 상사답고 직원이 직원다우면 그 회사는 잘 돌아갈 것이다. 어른이 어른답고, 학생이 학생다우면 그 사회는 질서가 바로잡힌 아름다운 사회가 될 것이다.

어느 아빠가 어린 아이를 옆에 태우고 운전을 하고 있었다. 그런데 도중에 신호를 위반하여 교통경찰에 걸리고 말았다. 아빠는 운전면허증 밑에 만 원권 한 장을 포개서 경찰에게 건넸다. 아이는 의아한 눈

빛으로 아빠를 바라보았다.

"뭘 그렇게 보냐. 다들 그렇게 하는 거란다."

아이가 자라 초등학교에 다닐 때 아이의 삼촌이 찾아왔다. 삼촌은 아빠와 세금을 적게 내는 방법을 의논하고는 돌아갔다. 이를 지켜보던 아이는 이해가 안 된다는 표정을 지었다. 아빠는 이렇게 정당화하며 이야기했다.

"얘야, 괜찮단다. 세금 제대로 다 내다간 못산다. 다들 그렇게 하는데 뭐."

아이가 자라 어른이 되어 회사에 취직을 했다. 그런데 얼마 후 회사 돈을 횡령하여 감옥에 가게 되었다. 면회 온 아버지가 그를 이렇게 꾸짖었다.

"야, 이놈아. 넌 도대체 누굴 닮아 그 모양이냐?"

그러자 그는 아무렇지도 않다는 듯이 이렇게 대답했다.

"아버지, 괜찮아요. 다들 그렇게 하는데 난 재수가 없었을 뿐이에요."

우리는 아무 생각 없이 아이들 앞에서 부적절한 행동을 하곤 한다. 하지만 그 행동을 누군가가 답습하고 배운다. 내가 나다우면 미래는 참 좋아질 텐데, 나의 이런 모습들이 알게 모르게 이 사회를 조금씩 나쁘게 물들여가고 있다.

우리는 "아이들이 나를 닮았으면 좋겠다"는 고백이 나올 수 있도록 진정한 어른다운 내가 되어야만 한다. "내 후배들이 나를 본받았으면 좋겠다"는 고백이 나올 만큼 책임감 있는 삶을 살아야 한다.

행복은 작은 여유 만들기에서 시작된다

여행은 늘 떠나기 위한 것 같지만 실상은 돌아옴을 전제로 한다. 그런데도 우리는 여행을 위해 많은 것을 챙기곤 한다. 그리고 여행에서 돌아오는 길에 일부를 버리고 다른 것들을 채워서 돌아온다. 짐을 쌌다가 다시 짐을 일부 비우는 듯하지만 또 다른 짐을 채워 가지고 돌아오는 것이 여행이다.

사람도 이와 같아서 많은 날들을 살아갈수록 그 짐은 점점 늘어만 간다. 짐은 점점 무거워져서 우리 삶의 어깨를 짓누른다. 인생을 살아갈수록 짐은 무거워지고 내가 누릴 수 있는 권리는 점점 줄어드는 것만 같다.

이렇게 인생의 부조리함을 생각하면 나이 들어가는 것에 대한 부담과 조급함만 더해간다는 것을 느낄 수 있다. 피상적으로 생각하면 우리 삶은 여유 없고 바쁜 삶의 연속일 뿐이다. 하지만 그것이 우리에게 주어진 모순이라 할지라도, 어떻게 해서든 삶의 여유를 찾아야만 정신과 몸의 건강을 유지할 수 있고 작은 것에도 감사하는 마음을 가질 수 있다.

내 몸을 고달프게 하더라도 삶에 변화를 주는 것이 필요하다. 늘 전화로만 연락하던 친구를 직접 찾아가 만나기도 하고, 늘 차를 타고 가던 곳을 걸어서 가보는 것도 좋을 것이다.

컴퓨터 앞에 앉아 자판을 두드리며 쓰던 편지를 잉크 담뿍 묻혀 종이 위에 한 자 한 자 손글씨로 정겹게 써보는 것도 좋겠다.

괜히 폼 잡는다고 부하 직원에게 전화를 걸게 하여 자기에게 연결시키라는 고압적인 권위를 벗고 직접 정성스럽게 전화를 걸어보자. 같은 사무실 내에서 인터폰으로 대화를 나누기보다 어쩌다 한 번쯤은 커피 한 잔 뽑아서 직접 자리로 찾아가서 정답게 업무 이야기를 나누어보자.

앞에 놓인 과일을 그냥 먹는 데만 신경 쓸 것이 아니라 만지작거리며 그 촉감도 느껴보고 그 향기도 맡아보자. 별것 아닌 작은 움직임들을 조금만 달리하고, 조금만 늦추며 삶의 여유를 즐겨본다면 우리는 많이 행복해질 수 있다. 행복은 이 작은 여유 만들기에서 시작된다.

좋은 말, 아름다운 말만 골라서 해보기

누구나 하루가 24시간이라는 것은 잘 알고 있다. 하지만 하루가 몇 분인지 물으면 쉽게 대답하지 못한다. 게다가 하루가 몇 초인지 물으면 대답이 꽉 막혀버리고 만다.

하루는 24시간이고, 분으로는 1,440분, 초로는 8만 6,400초다. 한 달은 720시간, 분으로는 4만 3,200분, 초로는 259만 6,000초다. 1년은 8,760시간, 분으로는 52만 5,600분, 초로는 3,153만 6,000초다.

이렇게 많은 1년이란 시간 동안 우리는 무엇을 했을까? 시간을 내서 한 번쯤 1년 동안 자신이 어떻게 살았는지 자기결산을 해보자.

케빈 쉼햄이란 사람의 기네스북 기록을 보면 133시간 동안 잠시도 쉬지 않고 말을 했다고 한다. 그런가 하면 팀 하티는 무려 144시간 동안 쉬지 않고 말을 했다고 한다. 그는 꼬박 6일 동안 말을 한 셈이며 일요일은 쉬었던 것 같다.

그런데 우리 같은 보통 사람들도 하루 평균 30회 정도의 대화를 한다. 남자는 일반적으로 하루 2만 5,000마디의 말을 하고, 여성은 하루 3만 마디 정도의 말을 한다고 한다. 그런 걸 보면 우리 인간은 참으로 말을 많이 하고 싶어 하는 본능이 있는 것 같다.

사람들이 하는 말을 노트에 기록한다면 한 사람이 하루 평균 하는 말의 분량은 책으로 50페이지 정도 된다고 한다. 한 사람이 1년 동안 하는 말을 책으로 따져보면 400페이지짜리 책 45권 정도는 족히 된다. 이것에 비추어볼 때 우리가 말만 잘 골라서 하고 그 말들을 녹음해두거나 기록해둔다면 1년이면 중견작가로 쉽게 올라설 수 있다는 계산이 나온다.

그러니 우리는 누구나 충분히 작가가 될 만한 역량을 갖추고 있는 셈이다. 단지 우리가 쓰고 있는 말들을 적절히 골라서 쓸 수만 있으면 된다. 반면 말을 잘 골라서 쓰지 못하고 아무런 말이나 골라서 한다면 이 세상은 너무 삭막해지고 어지러워질 것이다.

진정 말을 잘하는 사람이란 말을 많이 하는 사람도 아니고, 자기의 주장을 끝까지 관철하려고 고집을 부리는 사람도 아니며, 격에 맞지 않는 거친 말로 일방적으로 상대를 기죽이는 그런 사람도 아니다.

마음을 추스르며 내가 이제껏 쏟아놓기만 했던 그 수많은 말들을 반추하며 말을 고르고 단어를 고르고 톤을 고르는 여유를 가져볼 일이다. 비록 말을 적게 할지라도 어차피 1년이면 그토록 많은 말을 할 기회가 있음을 기억하며 좋은 말을 고를 줄 아는 지혜와 삶의 여유를 되찾아보자.

45

사랑하는 마음만 가져보기

이번 주말에는 마음에 가득 찬 불편한 심기 전부 다 버리기를 실천해
봐야겠다.

"아내가 미우면 처갓집 전체가 밉고 아내가 고우면 처갓집 말뚝에
도 절을 한다"라는 속담이 있다.

사랑하면 마음도 여유롭고 참 살 만한 마음이 된다. 그러나 누군가
가 미워지면 마음도 초조해지고 불안해지며 매사가 거북스럽다. 그러
니 우리는 어떠한 경우라도 사랑하는 마음만 가져야 한다.

누군가를 사랑할 수 있다는 건 참으로 행복한 일이다. 설령 사랑받
지는 못해도 누군가를 사랑할 수 있다면 행복하다. 무언가를 받지는
못해도 뭔가를 줄 수만 있다면 그것으로 행복하다.

어떤 사람이 미워지면 그와 관련된 모든 것이 싫어지게 마련이다.

누군가가 미워지면 그와 관련된 모든 것이 보기조차 싫다. 헤어져선 못 살 만큼 그토록 아름다웠던 사람일지라도 마음에 미움이 끼어들면 그의 모든 행동이 혐오스럽다.

마찬가지로 연애 시절에 그토록 잘생기고 멋져 보였던 남편이라도 일단 미워지면, 남편을 닮은 아이의 웃는 모습도 보기 싫어진다. 그러면 자식에게 화풀이를 하게 되고 아이를 미워하게 된다. 사람의 마음은 미움이 들어오느냐 사랑이 들어오느냐에 따라 이렇게 차이가 크다.

미움이란 미움은 다 쫓아버리고 내가 먼저 사랑하는 마음을 가득 채워야 한다. 미움이란 놈이 끼어들 틈이 없도록 사랑을 가득 채우는 것이다. 미움은 무조건 그 대상을 추하고 나쁘게만 보게 만드는 악이다. 사랑은 상대의 흠과 티를 애교로 보이게 하고, 단점은 장점으로 보이게 하며, 추함은 아름다움으로 보이게 하는 마력을 가지고 있다. 이처럼 우리의 마음속에 사랑만 가득 채운다면 세상은 지금보다 훨씬 아름다워질 것이다.

현재의 나에 대해 고마움 갖기

우리 인간 존재는 불확실한 미래를 꿈꾸며 살아간다. 우리의 미래가 실루엣처럼 어렴풋이 보이는 것도 아니고 확실한 것은 아무것도 없는데도 우리는 지금 이렇게 웃고 산다.

하루하루 바쁜 가운데 내일의 불확실성을 망각한 채 그럭저럭 살아가고, 내일에 대한 막연한 확신으로 욕구를 채우며 오늘을 산다. 그런 가운데서도 삶을 진지하게 생각해보면 확실한 것이 아무것도 없다는 것을 알게 되고 이내 불안감이 엄습해온다.

때로는 권력을 가지고 우쭐대는 사람들을 부러워하기도 하고, 때로는 돈 많은 부자들을 부러워하며 그들을 시샘하기도 하고, 때로는 나보다 뭔가 뛰어난 사람들을 질투하기도 한다.

하지만 그들도 우리처럼 불확실하고 불안하기는 마찬가지다. 우리처럼 평범한 사람들은 어떤 경호도 필요 없이 별 걱정 없이 살아간다. 하지만 권력과 부를 가진 사람일수록 더 많은 경호 인력이 필요하다. 주먹이 센 형님(?)일수록 보디가드가 더 많이 필요한 법이다.

세계 초강대국인 미국의 대통령 전용차 가격이 6억 원가량 된다고 한다. 이 차는 겉보기에는 날씬하게 보이지만 겉부분의 무게만도 2톤이나 된다고 한다. 거의 장갑차 수준에 가깝다. 방탄유리로 만들어졌고, 타이어도 특수 설계되어 바퀴 4개가 모두 터진다 해도 시속 30킬로미터는 달릴 수 있다.

이렇게 세계에서 가장 막강한 권력을 가진 대통령이지만 늘 신상에 불안을 느껴서 그 무엇도 뚫을 수 없는 방탄차를 타고 경호원에 둘러싸여 다니는 것이다. 하지만 나는 어디를 걸어 다녀도 불안하지 않다. 설령 온몸이 드러나는 자전거를 타고 길을 달려도 전혀 불안하지 않다.

이렇게 미약한 존재이지만 어떠한 경호도 필요 없이 자유롭게 살아간다. 지금 내가 처한 상황을 받아들이고 내가 해야 할 일들을 책임감 있게 묵묵히 해나가는 나. 그런 현재의 나를 고맙게 여기며 기쁨으로 오늘을 살아가야만 한다.

내가 울면 세상도 울고
내가 웃으면 세상도 웃는다

세상은 우리를 바쁘게 만들어 마음의 여유를 갖지 못하게 하지만, 시간의 지배자인 우리는 그런 마음의 여유를 만들며 살아야 한다.

사는 순간순간 대차대조표를 따져보면 그렇게 적자 인생을 사는 것은 아니다. 그런데도 받아들이는 시각 차이 때문에 유독 고독해하고 불행을 느끼는 이들이 있다. 반면 삶을 아주 낙관적으로 받아들이며 행복해하는 이들도 있다.

그것을 받아들이는 사람에 따라 고독도, 외로움도, 헤맴도 시처럼 아름다운 추억이 될 수 있고, 칭송도, 화려함도, 즐거움도 허무한 고독이 될 수 있음을 알아야 한다.

아무리 슬픈 인생이라도 그 슬픔 중간중간에는 행복이 조금씩 숨어 있게 마련이다. 그저 그 슬픔에 가려 행복이 안 보일 뿐이다. 때로는 어이없이 웃는 빈 웃음이라도 좋다. 아무리 슬퍼도 텔레비전의 코미디 프로그램을 보며 배꼽 잡고 웃어보라. 그러면 신기하게도 그 웃음으로 인해 슬픔이 어느 정도 사라지는 것을 느낄 것이다.

조금만 달리 생각하면 이 세상은 즐겁고 살 만한 세상이다. 조금만 마음의 각도를 돌리면 여유 있고 넉넉한 세상으로 보일 것이다. 이 세상은 내가 있으면 있고, 내가 없으면 없다. 내가 가는 대로 달이 나를 따라오듯이, 이 세상은 늘 나를 따라다니는데도 우리는 그 세상을 아프게만 바라보고 있다. 내가 울면 세상도 울고, 내가 웃으면 세상도 웃는다.

담배를 많이 피웠기 때문에, 감기약을 먹었기 때문에, 아직 태어나지도 않은 아이가 혹시 잘못되지는 않을까 걱정하며 불안해하는 불량 임산부처럼, 아직 오지 않은 내일을 걱정하며 스트레스와 함께 동거하는 그런 삶을 살기보다는 내 안에 꿈을 심어 내일을 두려워하지 않고 밝게 웃으며 살아야 한다.

그리운 사람들의 모습 상상해보기

이메일을 보내면 불과 몇 초도 안 돼 전달할 수 있는 초고속 시대에 우리는 살고 있다. 그래서인지 글도 스피디한 글이 아니면 잘 읽으려 하지 않는다.

아주 오래 전에 서점에 근무했던 여직원이 내가 부산에서 작가와 의 대화를 하고 있을 때, 꽃다발을 사들고 나타났다. 그는 어엿한 아 이의 엄마가 되어 있었다. 아마도 작가인 나를 알고 있다고 딸에게 자 랑을 했었나 보다. 그래서 아주 오랜만에 재회를 했고, 자신의 딸에게 도 이메일을 보내달라고 부탁하기에 이메일 식구로 편입시켰다. 어느 날, 그 아이가 내게 편지를 보내왔다.

"안녕하세요.

전 00이라고 해요.

이메일 보내주셔서 감사드려요. (엄마의 부탁으로 이메일을 보내주셨
겠지만······)

내용 잘 읽었어요.

이야기가 저에게 많은 생각과 느낌을 주었어요.

그래서 저도 미워하는 사람들이 많지만, 이제 그 사람들에게도 따
뜻한 눈길을 주기로 했어요.

제가 미워하는 사람들에게 따뜻한 눈길 줄 수 있도록 해주셔서 감
사합니다.

참, 전 열두 살이에요.

그럼 안녕히 계세요."

이 글을 읽으며 아이를 생각하는 어머니의 마음과 아이의 따뜻한
마음을 느낄 수 있었다. 엄마를 닮은 그 소녀가 얼마나 예쁘고 귀여울
지 상상하며 빙그레 웃음이 났다. 보이지 않는 것들과 미지의 존재는
우리에게 많은 그림을 그리게 한다.

본 적이 없는 시인을 멋있는 사람으로 상상하거나, 학교 선생님은
배꼽도 없는 줄로 알거나, 달에는 토끼 두 마리가 계수나무 아래서 사
이좋게 절구질을 하고 있다고 생각하는 순수한 마음을 조금은 남겨두
고 살아도 좋지 않을까.

CHAPTER 5
내 삶을 아름답게 가꾸는 시간

49

5분의 여유를 느껴보라

앞으로 달려만 가려는 바쁜 일상 속에서 잠시 가던 길 멈추고 쉼이라는 여유를 갖는 것도 우리 삶에서 참으로 중요하다. 아무리 바쁘더라도 마음의 여유를 얻고 재충전할 수 있는 시간을 스스로 만들어내야한다.

아침에 거리에 나서 보면 사람들은 무척 바쁘다. 밥숟가락 놓기가 무섭게 모두들 일터로 달려간다. 일이 즐거워서 달려가는 것이 아니라, 먹고사는 문제로 마지못해 달려들 간다. 일이 즐거워서, 빨리 그 일을 하고 싶어서 달려간다면, 행복하고 신날 것이다. 반면 일이 즐겁지 않으면 마치 다리에 돌멩이를 단 것처럼 직장으로 향하는 발걸음이 무거울 것이다.

이런 직장인의 무거운 발걸음을 가볍게 만들 수 있는 방법은 없을까? 아침 5분을 적극 활용해보라고 권하고 싶다. 지금보다 5분만 일찍 집을 나서면, 마음이 한결 여유로워지는 것을 느낄 수 있을 것이다. 내 삶의 시계를 5분만 앞당겨놓으면, 무거운 걸음을 가벼운 걸음으로, 뛰던 걸음을 걷는 걸음으로 바꿀 수가 있다. 그 5분의 여유가 하루를 온전히 여유롭게 할 것이다.

가이슬러는 "휴식은 잔가지 막대기로 만든 울타리에 존재하는 틈새들과 같다. 틈새 없이 나무 울타리가 서 있을 수 없듯이 휴식 없이는 일하는 것도 불가능하다"라고 말했다.

사람들은 휴식과 생산성을 전혀 별개로 생각한다. 하지만 휴식도 생산 과정의 일부로 받아들여야 한다. 끊임없이 일만 하는 사람은 일의 양에 비례해 결과를 얻을 수 있을 것이라고 생각한다. 그러나 어느 정도까지는 그럴 수 있을지는 몰라도 정도가 지나치면 생산성이 현저히 떨어지기 시작한다. 심한 경우에는 모든 것이 중단되는 불행한 결과를 가져올 수도 있다.

일에 대한 열정과 성실이 일의 능률을 유지하기 위한 필수 요소이기는 하나, 적절한 휴식을 취하지 않는다면 일의 능률을 유지할 수 없다. 우리는 열심히 일하기 위해 휴식이 필요하고, 또 휴식을 위해 열심히 일해야 한다. 그러므로 일과 휴식은 불가분의 관계에 있다. 휴식도 일의 한 과정이다.

일을 잘하는 사람은 적절한 휴식을 즐길 줄 안다. 휴식은 나 자신과 지금 진행되는 일을 잘 들여다볼 수 있도록 마음의 여유를 가져다준다. 또한 막혀버린 창의성을 열어주는 생각의 여유도 갖게 해준다.

아침에 누리는 단 5분의 여유, 그것만으로도 오늘의 삶이 훨씬 여유로워지고 내일의 내가 창의적이 될 수 있다. 느린 것 같지만 남보다 빨리 갈 수 있는 지혜는 그 5분에 달려 있다. 지금보다 5분 먼저 하루를 시작하고, 지금보다 5분만 더 휴식을 취하는 습관을 가져보자. 3개월만 실천하면 지금보다 훨씬 생산적이며 창의적인 자신을 만날 수 있을 것이다.

악의 없는 유머와 위트 할 줄 알기

레이건(Ronald Reagan) 전 미국 대통령이 대통령후보 토론에서 상대방이 "대통령직을 수행하기엔 너무 나이가 많다고 생각지 않으십니까?"라고 하자, 미소를 띠며 "전 당신이 대통령직을 수행하기엔 인생 경륜이 부족하다고 말하진 않겠습니다"라고 위트로 맞받아쳐 그 토론을 성공적으로 이끌었다. 위트를 즐겼던 레이건은 미국 대통령들 중에서 가장 정치를 잘한 대통령으로 꼽힌다. 위트는 의도한다고 해서 즉석에서 할 수 있는 게 아니라 마음의 여유에서 나온다. 그리고 자신에 대한 당당함과 자신감에서 나온다.

내가 마음의 여유가 있고 당당하며 자신감이 있으면, 상대방이 아무리 공격을 해도 민감하게 반응하지 않고 여유 있게 넘길 수 있다. 유머나 위트는 여유 있고 당당하며 자신감 있는 사람들만이 누릴 수 있는 훌륭한 무기다.

링컨(Abraham Lincoln)이 대통령이 되기 전의 이야기다. 그가 시골길을 가다가 좋은 마차를 타고 가는 노신사와 마주쳤다.

링컨은 그 신사에게 이렇게 요청했다.

"어르신, 미안하지만 제 외투를 읍내까지 갖다 주실 수 있겠습니까?"

그러자 노신사가 대답했다.

"그야 뭐 그다지 어려운 일은 아니지만 읍내에서 당신을 어떻게 만나 이 외투를 전해주면 되겠소?"

"그건 염려하지 않으셔도 됩니다. 제가 그 외투 안에 있을 테니까요."

노신사는 링컨의 위트에 감탄하며 그를 태워주었다고 한다.

앞만 보며 달려가는 사람들은 마음의 여유를 잃고 산다. 마음의 여유가 없는 이들은 유머도 위트도 생각할 겨를이 없다. 오직 돈과 명예, 권력에 대한 욕심 때문에 다른 것은 생각할 여유가 없는 것이다. 그러다 보니 상대에 대한 배려나 이해는 찾아보려 해도 찾을 수가 없다.

적절히 일을 멈추고 나를 돌아볼 수 있는 휴식이 필요하다. 아무 생각 없이 보내는 휴식은 무의미한 시간이 될 수도 있다. 그렇다고 나를 혹사시키는 휴가가 되어서는 안 된다. 진정한 휴식은 보다 나은 내일을 위해 나를 돌아보며 정리하는 시간이어야 한다. 모처럼의 휴식이 효율적으로 일하는 데 도움이 되려면, 바쁜 마음의 행로를 멈추고 내 마음에 여유를 돌려주려는 자각이 필요하다.

잠시 멈춰 서서 나를 돌아보는 시간들을 가져보자. 모처럼 주어진 휴식을 조급해하지 말고 진정한 휴식의 주인이 되면, 휴식 후 일의 능률은 배가될 수 있을 것이다.

그렇게 하여 자신감을 회복하면 어디에서건, 누구를 대하건 마음의 여유가 생길 것이다. 마음의 여유는 우리 정서를 넉넉하게 하여 위트를 생산하게 한다. 딱딱한 자리를 부드러운 자리로, 어색한 관계를 자연스러운 관계로 바꿀 수 있게 분위기를 전환하게 해주는 유머와 위트의 힘을 경험해보라.

내 그림자 감추기

아버지가 살아 계실 때, 어느 날 밖에 나가셨다 오시더니 이런 말씀을 하셨다.

"그림자가 두 개로 보이면 죽는다는데, 내 그림자가 두 개였어."

평생 시골에서 빛이라곤 해와 달밖에 못 보고 사셨던 아버지는 그림자는 하나뿐이라고 믿으며 살아오셨다.

"아버지, 그림자는 빛이 여러 방향에서 비추면 여러 개 생겨요. 여긴 가로등이 양쪽에서 비추니까 그림자가 두 개로 보였던 거예요."

그림자 때문은 아니었지만 아버지는 어쨌든 일찍 돌아가셨다.

자신의 그림자를 볼 때마다 마음에도 들지 않고, 보기가 싫어져서 괴로워하는 사람이 있었다. 그는 자기 걸음걸이도 마음에 들지 않아

괴로워했다. 그래서 자기 그림자와 걸음걸이를 버리고 싶어 했다. 그런데 이 사람이 걸을 때마다 그림자가 꼭 따라붙는 것이었다.

그는 점점 더 빨리 걸었다. 그만큼 그림자는 빠르게 따라왔다. 그는 더 빨리 뛰기 시작했다. 그럴수록 그림자는 기를 쓰고 더 빨리 따라왔다. 그는 그림자를 피해 도망가다가 결국 지쳐서 쓰러져 죽고 말았다.

만일 그가 그토록 자기 그림자가 싫었다면 그늘 속에 숨어들었어야 한다. 그러면 자기 그림자로부터 멋지게 도망칠 수 있었을 테고, 그 그늘 아래서 충분한 휴식을 취할 수도 있었을 것이다.

우리 또한 일이란 그림자에 쫓기며 산다. 허둥대며 일이란 그림자를 해결하려 하면 더 악착같이 나에게 달려든다. 결국에는 일에 지쳐 쓰러질 지경에까지 이른다.

지나치게 일에 매달리면 그 일이 꼬일 수도 있다. 일에 대한 지나친 열정은 처음에는 일을 빨리 진행되게 하지만 장기적으로는 느리게 만든다. 빨리 가려고만 하는 마음 때문에 급하게 서두르면 여유가 생길 수 없다.

그런 그에게는 일 이외에 그 어느 것도 들어올 여유가 없다. 사랑도, 행복도, 사색도 찾아들지 못한다. 그래서 그런 이에게는 적당한 느림의 미학이 필요하다.

길을 가다가 문득 하늘 한번 쳐다보는 여유, 들에 나가 들에서 부는 바람을 맞아보는 여유, 그것들이 별것 아닌 것 같지만 삶을 살찌우고 일의 능률을 가져다준다. 일에는 어떤 물리적인 힘보다 마음의 힘이 더 강하게 작용한다.

일의 우선순위 정하기

니체는 "일 중독증에 걸린 사람은 삶에서 여러 가지 걱정거리와 잡념이 엄습해오면, 곧바로 일 속으로 숨어버린다. 일은 그에게 합법적으로 허락된 도피처다"라고 말했다.

일을 하면서 그 과정에서 자신을 잘 컨트롤하며 즐길 줄 알아야 한다. 과부하가 걸릴 정도로 자기를 혹사시키는 것은 어리석은 일이다. 일이 사람을 위해 존재하는 것이지 사람이 일을 위해 존재하는 것은 아니기 때문이다.

아무리 일이 많아도 일의 노예가 되지 말고 일의 주인이 되어야 한다. 일에 지배당하는 사람은 더 이상 발전이 없다. 일에 대한 적당한 긴장이나 적당한 스트레스는 삶을 활기차게 하며, 역동적으로 살 수 있는 에너지원이 된다. 하지만 일에 대한 긴장이나 스트레스가 과도

하게 되면, 일에 지배를 당하여 쉽게 지치고 피곤해져 제대로 된 삶을 살지 못한다. 마음이 즐거워야 일의 능률도 오르고, 삶의 활력도 생기는 법이다. 마음이 괴로우면 일의 능률도 떨어지고 일이 과중한 짐처럼 느껴진다.

"늘 열심히 일해야 하는 사람이나 과중한 일을 감당해야 하는 사람에게는 기쁨이 없다. 그들은 얼굴을 잔뜩 찌푸리고 있고, 깊은 생각을 할 여유가 없으며, 단순하고 슬픈 생각만 한다"는 발저의 말처럼 우리 대부분은 여기에 속해 있다.

아침이면 일을 시작하기 전에 할 일들을 모두 적은 다음 앞에 늘어놓는다. 그중에서 시급한 일과 늦추어도 될 일들을 구분한다. 그 다음에는 그중에서 내가 꼭 해야만 하는 일과 다른 사람에게 넘길 일을 가려본다. 이때 내가 아니면 안 된다는 생각은 버리고 그 일을 짚어보는 것이 중요하다. 그러면 내가 하지 않으면 안 되는 일들은 줄어들게 될 것이다. 그리고 나서 그 일들 중에 우선순위를 매기고 내가 할 일부터 처리하면 된다. 다른 사람이 할 수 있는 일은 과감히 다른 사람에게 맡길 줄도 알아야 한다. 나 아니면 안 될 거라는 오만한 생각이 내 짐을 무겁게 한다.

내가 할 일과 다른 사람이 할 일을 구분하고, 꼭 해야 할 일과 안 해도 될 일, 그리고 당장 할 일과 미루어도 될 일을 구분하라. 이렇게 일을 분류하는 것이 습관이 되면 일을 능률적으로 할 수 있을 뿐만 아니라 여유 있게 할 수 있다. 이것이 내 마음의 여유를 최대로 넓히는 비결이다. 그리고 남은 시간은 나를 돌아보는 시간으로 삼아 내 능력을 끌어올려야 한다.

53

잘될수록 건강관리 잘 하기

옆에서 보아도 쓰러질까 걱정될 정도로 밤낮없이 일하는 이들이 있다. 세상을 열심히 살아간다는 건 하나님이 주신 소명을 다하는 일이다. 그런데 하나님은 우리에게 일을 하도록 소명을 주셨지만, 귀하게 주신 우리의 몸과 정신의 건강도 잘 돌보아야 할 의무도 주셨다.

내 몸을 아무렇게나 내버려두는 것, 혹사시키는 것, 내 정신을 스트레스에 방치해두는 것은 그분의 뜻이 아니다. 하나님은 우리가 평화롭고 평등하게 살기를 원하며, 서로 도우며 살기를 바라고 계신다.

"그들은 자신의 육체가 보내는 경고를 소홀히 여기며 무시한다. 그들은 자신을 없어서는 안 되는 매우 가치 있는 존재로 여긴다. 어느 날 갑자기 자신이 아무런 가치가 없는 존재가 될 때까지 그 고집을 버리지 못한다. 그들은 밤잠을 이루지 못하며 고생하다가 어느 날 깊은 잠에 빠져들고 만다"고 쿠르트 쿠젠베르크(Kurt Kusenberg)는 말한다.

하나님은 우리에게 이 땅에서 장수하고 번성하라고 명하셨다. 그러므로 건강하고 오래 사는 것은 하나님의 명령인 셈이다. 우리가 건강관리를 못 해서 오는 아픔은 이 세상에 큰 손실이다. 우리는 모두 이 세상에서 번성하고 장수할 의무와 권리가 있다.

쇼펜하우어(Arthur Schopenhauer)는 "생업을 위한 것이든, 의무로 하는 것이든, 학식을 쌓기 위한 것이든, 명예를 추구하기 위한 것이든, 그 무엇을 위해서든 간에 자신의 건강을 희생하는 일은 어리석은 일들 중 가장 어리석은 일이다"라고 충고했다.

쉽게 스스로를 해치는 경우는 소위 잘 나갈 때다. 사람은 누구나 허영심이 있다. 남들이 칭찬하거나 박수를 쳐줄 때면 죽는 둥 사는 둥 앞뒤를 못 가리고 나서는 어리석은 동물이다. 잘되거나, 칭송을 받거나, 박수를 받을 때일수록 뒤로 한 발 물러서서 진정한 자신의 정체성을 찾는 지혜로움이 필요하다.

때로는 적당한 휴식을 취하는 것이 미래를 위한 경제적인 투자다. 쉬지 않고 일만 계속하다가 병원신세를 지게 된다면 경제적인 손실은 물론이고 주변 사람들에게 심적인 부담을 안겨준다.

쉬지 않고 일을 계속하다가 실수를 했다고 생각해보자. 그 실수 하나로 인해 이제껏 진행한 모든 일이 수포로 돌아갈 수도 있다. 그러면 처음부터 안 하니만 못한 결과를 가져온다. 지혜로운 자기 관리와 적당한 휴식이 훨씬 경제적이라는 것을 명심하라. 과욕으로 인한 손해보다는 휴식으로 내일을 보는 눈을 기르고 자신의 건강을 관리하는 사람이 지금 앞서 뛰는 사람보다 훨씬 더 빨리 갈 수 있다. 오늘 하루만 살 것처럼 조급하게 살 것이 아니라 마라톤을 즐기듯이 미래지향적으로 살아야 한다.

아무리 일이 중요해도 건강보다 중요하지는 않다는 것을 명심해야 한다. 그리고 어떻게 건강을 챙길지를 생각해보자.

아주 작은 일부터 시작해보기

영어성경 중에 킹 제임스 판본이 있다. 영국의 왕 제임스 1세(James I)가 번역한 성경이어서 그의 이름을 따서 그렇게 일컫는다. 그는 국민들의 작은 죄도 아주 엄격하게 다루기로 유명했다.

그가 왕의 자리에 있을 때 암스트롱이라는 도둑이 남의 양을 훔치다가 잡혀서 사형선고를 받았다. 암스트롱은 꾀를 부려 한 가지 묘안을 생각해냈다. 그는 간수를 불러 이렇게 요청했다.

"나는 어차피 죽을 몸인데, 죽기 전에 성경이나 다 읽고 싶습니다. 왕께 내 뜻을 전해주시기 바랍니다."

왕은 간수로부터 그 말을 전해 듣고는 기특하다는 생각이 들었다.

"참, 기특하군. 그에게 성경을 주고, 성경을 다 읽은 후에 형을 집행하라."

암스트롱은 그날부터 성경을 읽기 시작했다. 하지만 1년이 지나도 그의 사형을 집행할 수가 없었다. 그는 매일 성경 한 절씩만 읽고는 더 이상 읽지 않았기 때문이었다. 결국 왕은 그를 풀어주며 집에 가서 성경을 읽도록 시켰다. 그 후 그는 새사람이 되어 봉사하는 삶을 살았다고 한다.

우리의 삶은 짧다면 짧게 느껴질 수도 있겠지만, 그렇게 짧은 것만도 아니다. 지금부터라도 무엇을 하든 충분히 할 수 있는 시간이 있다. 단지 우리가 서둘러 무엇을 하기 때문에 날마다 바쁨의 연속일 뿐이다. 뛰다가 넘어지기보다는 오히려 기어가는 것이 더 빠를 수도 있다.

평생 해야 할 일을 몇 년 만에 다 하려 하기 때문에 몸에 이상이 생기고 마음에 병이 들고 스트레스로 찌들어 누가 보아도 짜증이 가득한 얼굴로 변하는 것이다.

작은 이슬방울, 작은 물방울들이 모여서 시내가 되고 강이 되고 바다가 된다. 작은 모래알들이 모이고 모여서 넓은 백사장이 되는 것이다. 하지만 우리는 그 진리를 대수롭지 않게 망각하고 산다. 이 세상의 위대한 건축물들도 실상은 아주 작은 것들의 결합체다.

한 방울의 물방울에서 시작하는 마음으로, 나의 평생을 작은 모래알 하나에서 시작하는 마음으로 서두르지 않으며, 먼 길 떠나는 준비된 마음으로 유유히 살아보자. 급히 서두르다가 나머지 삶을 누리지 못하고 포기하는 패배자의 삶으로 전락하기보다는 소박한 삶을 추구하며 즐거운 삶을 사는 것이 낫다.

주어진 일에 자신감 갖기

무슨 일이든 그 일에 자신감을 가지면 그 일을 처리하는 방법이 쉽게
머리에 떠오른다. 하지만 자신감을 상실하면 아무 생각도 없이 미련
하게 그 일에 매달려 스트레스만 받는다.

그러므로 우리는 자신감을 갖고 살아야만 한다.

하지만 자신감은 저절로 생기는 것이 아니라 많은 실력을 쌓았을
때 생긴다. 또한 자신을 잘 다스려서 내공을 길러야만 자신감을 갖게
되고, 일 처리를 아주 깔끔하게 할 수 있다. 일은 몸을 움직여 하는 것
이지만, 몸을 움직이는 것은 마음의 일이다. 따라서 일을 잘하고 못하
고는 자기 내공에 달려 있다.

미국의 초대 대통령 조지 워싱턴(George Washington)이 현장을 시찰하

고 있었다. 그가 어느 작업 현장을 지나가다가 인부들이 일하는 모습을 보았다. 그 현장을 보니 9명이 아주 힘겹게 재목 하나를 운반하고 있었는데 일이 잘 진행되지 않았다. 그러나 현장 감독관은 그냥 옆에서 지켜보고만 있었다.

워싱턴은 웃옷을 벗어놓고는 가서 그 일을 열심히 도와주었다. 그러고 나서 감독관에게 이렇게 물었다.

"왜 당신은 보기만 하고, 일이 잘 진행되지 않는데도 왜 가만있는 거요?"

그러자 감독관은 "나는 감독하는 사람이기 때문이오"라고 대답했다.

그때서야 워싱턴은 자기의 명함을 꺼내주면서 이렇게 말했다.

"나는 이런 사람인데, 다음에도 어려운 일이 있으면 불러주시오."

자신감이 있으면 아무리 남들이 천하다는 일을 한다고 해도 전혀 부끄럽지 않고, 어떠한 상황에서도 여유 있게 대처할 수 있다. 일의 귀천을 따지는 사람은 늘 여유가 없다. 빈 시간에도 그것만 따지기 때문이다. 자기 체면만 생각하는 사람은 여유가 없다. 늘 자기 체면만 따지기 때문이다. 일의 귀천이나 자기 체면을 생각하는 사람보다 응당 해야 할 일에 발 벗고 나서는 사람이 멋진 사람이다. 그러면 그는 당당하다. 그 당당함에서 여유가 나온다.

당당하게 자신감을 갖고 마음의 여유를 찾으면서 자신뿐 아니라 모두를 편안하게 하는 존재로 살아가야만 한다.

너무 조급해하며 부지런 떨지 않기

지나치게 분주한 사람은 오히려 잘살지 못할 수도 있다. 부지런함은 게으름보다는 나은 일이지만, 반드시 현명한 것이라고 할 수는 없다. 이를테면 생각 없는 부지런함이 게으름보다 못한 경우도 있기 때문이다. 생각 없는 분주함이 일을 아예 망칠 수도 있다.

많이 움직이고, 빨리 움직이고, 부산스럽게 움직인다고 부지런한 것은 아니다. 부지런하다는 것과 분주한 것은 다르다. 부지런한 것은 모든 일의 흐름을 파악하고 경제적이며 효율적으로 생각하고 일을 처리할 줄 아는 것이다. 즉 성실하게 살아가는 것이다.

시골에 살 적에 아주 부지런한 아저씨가 계셨다. 그 아저씨는 동네에서 제일 일찍 일어나고, 무슨 일이든 가장 먼저 했다. 봄이면 다른 집보다 먼저 씨를 뿌리고, 논두렁 가래질도 먼저 했다.

그런데 너무 일찍 씨를 뿌려 예상치 못한 꽃샘추위에 싹이 나오다 얼어버리는 경우도 있었다. 또 우리 고향의 논두렁은 무려 높이가 2미터나 되는데, 너무 일찍 논두렁 가래질을 해서 추위에 땅이 얼었다 녹았다 하는 통에 흙이 부풀어서 구멍이 나 물이 샜다. 그래서 여름에 비가 좀 오면 논두렁이 터져서 온 논을 덮기도 했다. 해토되기 전에 논두렁 가래질을 하면 그 논두렁은 장마철에 맥없이 터져버린다. 부지런도 적당해야 한다는 것을 자연의 섭리는 가르쳐준다.

이탈리아 속담에 "서두름은 악마가 고안한 것이다"라는 말이 있다. 물론 '나중에 차차 하지 뭐'라며 일을 뒤로 미루는 병도 악마가 고안한 병이다. 하지만 빨리빨리 병도 악마가 인간에게 내려준 불치의 병인 것 같다. 우리는 일에서 도망이라도 치듯이 서둘러서 해치운다. 음식을 음미하면서 먹어야 제대로 그 음식의 참맛을 알 수 있는 것처럼 일도 음식 맛을 보듯이 음미하면서 하면 그 일이 즐겁다.

일은 해치우는 것이 아니라 과정을 즐기면서 끝까지 해내는 것이다. 일을 기계적인 단순노동으로 여기느냐, 창의적인 일로 만드느냐, 즐거운 놀이로 여기며 하느냐는 순전히 자신의 선택에 달려 있으며 그 선택은 온전히 마음의 몫이다.

무슨 일이든 속도 높이기에만 몰두하는 이 시대에 일의 참맛을 느끼며 서서히 과정을 즐길 줄 아는 지혜가 필요하다. "100미터를 30분에 주파해보라. 그러면 너는 놀라운 사실을 발견하게 될 것이다"라는 누군가의 스포츠 훈련 규칙처럼 때로는 서두름을 멈추고 느긋해지면

지금까지 보이지 않았던, 아니 볼 수 없었던 놀라운 것들을 발견하게
될 것이다.

아무리 힘들어도 맡은 일은 즐겁게 하라

내가 살던 시골은 전기가 들어오지 않아 밤이면 무척 어두웠다. 밤이 되면 하늘엔 온통 은하수가 가득해서 장관이었다.

밤에 좀 멀리 갈 일이 있으면 자전거를 타고 가야 했다. 신작로는 말이 신작로지 온통 돌투성이어서 걸어서 가는 건 좀 쉬워도 어두운 밤에 자전거를 타고 가면 수없이 넘어지곤 했다. 더구나 어둠 속에서 논두렁길을 자전거로 간다는 것은 불가능에 가까웠다. 다행히도 그럴 때 애용하는 것이 자전거의 전조등이다. 바퀴에 달린 발전기가 바퀴가 돌면 함께 돌아서 전기가 발생하게 되고 이 전기로 전조등에 불이 들어오게 된다. 기름 한 방울 없이 사람의 힘으로 자가발전을 하는 것이다.

자전거는 진행 방향으로 나아가면서 불은 불대로 들어와 길을 밝혀

준다. 우리 삶도 이와 같이 자가발전을 할 수 있어야 미래를 보장할 수 있다. 자신의 일을 하면서 조금만 신경 쓰면 삶의 보너스가 주어진다.

수도가 없는 마을에 젊은 머슴 한 명이 있었다. 그는 아침마다 물지게를 지고 제법 먼 곳에 있는 우물에 가서 물을 지고 와야 했다. 어느 날 물을 길어 집으로 오는데 물이 조금씩 새고 있었다. 양동이가 닳고 닳아서 양동이에 작은 금이 생겼던 것이다.

하지만 그 머슴은 물이 새는 것을 아는지 모르는지 날마다 늘 같은 모습으로 묵묵히 물지게로 물을 길어오곤 했다. 그런데 어느 날부터인가 그 머슴이 지나다니는 길가에 여러 가지 아름다운 꽃들이 피어나기 시작했다.

어느 날 주인이 참고 참다가 그 머슴을 불러 이렇게 물었다.

"아니 이 어리석은 놈아, 네가 지고 다니는 양동이에 금이 가서 물이 새는 것도 모르고 있었단 말이냐? 그렇게 물이 새면 헛수고 아니냐?"

그러자 그 머슴은 빙그레 웃으며 이렇게 말했다.

"네, 저도 물이 조금씩 새는 것을 알고 있었지요. 그래서 길가에 여러 가지 꽃씨를 뿌려놓았던 거예요. 길가에 핀 꽃들을 못 보셨나요? 물을 길어 오는 동안 조금씩 새는 물 덕분에 꽃씨가 싹을 틔우고 자라서 예쁜 꽃들이 피었잖아요. 그 꽃들과 이야기를 나누면서 다니니까 일이 힘들기보다는 즐겁답니다."

아무리 어려운 일도 희망이 있으면 즐거워진다. 우리가 힘들게 산을 오르는 이유는, 아침저녁으로 힘든 달리기 운동을 하는 진정한 이유는, 지금의 편안함보다는 내일의 건강을 생각하기 때문일 것이다. 그러므로 아무리 힘든 일도 희망이 있으면 즐거운 일이 될 수 있다.

희망이 전제되어야만 우리의 일은 기쁨이 되고 즐거움이 된다. 그 미래의 즐거움은 저절로 찾아오는 것이 아니라 내 일에 충실하면서 자가발전을 할 때 가능하다.

그 머슴이 꽃씨를 뿌려 힘든 일도 즐겁게 할 수 있었듯이, 자전거가 앞으로 잘 달리면 잘 달릴수록 자가발전된 전기가 불을 환히 밝히듯이, 지금 바로 내가 하고 있는 일에 충실하면서 자가발전하고 남과 다른 노력을 기울일 때 미래는 나에게 즐거움을 안겨줄 것이다.

밝고 맑고 아름다운 나의 미래를 만들어갈 줄 아는 지혜를 가지고 묵묵히 세상을 살아간다면, 우리 앞에 아무리 힘든 일이 닥치더라도 좌절하지 않고 앞으로 나아갈 수 있을 것이다.

만일 당신이 인생에서 성공을 원하다면
많은 것들과 친해져야 한다.
인내심은 당신의 소중한 친구로,
경험은 친절한 상담자로,
신중함은 당신의 형으로,
희망은 늘 곁에서 지켜주는 부모님처럼 친해져야 하는 것이다.
- J. 에디슨 -

인내하며 기다릴 줄 아는 지혜

초등학교 다닐 때 칠판 옆에 있는 액자 속에 "인내는 쓰다. 그러나 그 열매는 달다"라는 글이 들어 있었다. 살다 보면 사실 이 말이 안 맞는 경우도 많다. 하지만 "참을 인 자가 셋이면 살인도 면한다"라는 속담이 있듯이, 인내는 실천하기 힘들지만 우리 삶이 제대로 굴러가도록 만들어준다.

우리가 하는 일이 때때로 고통스러워도 그 고통을 감내하는 건, 언젠가는 달콤한 휴식이 있을 거라는 확신이 있기 때문이다. 그래서 때로는 쉬고 싶어도 꾹 참고 그 일을 끝내기 위해 애를 쓴다.

무거운 짐을 실은 지게를 지고 고개를 오르는 사람은 그 짐이 점점 어깨를 짓눌러오지만 고개 중턱에서는 잘 쉬지 않는다. 쉬었다가 다시 그 짐을 지고 가려면 엄두가 나지 않기 때문이다. 그래서 고통을 인내하며 기필코 정상에 올라서야 무거운 지게를 내려놓고 쉰다.

이처럼 아무리 우리 삶의 짐이 무겁고 오르막이 힘겨워도 그 고통을 인내하면, 언젠가는 그 짐을 내려놓을 수 있는 정상에 다다르게 되고 홀가분하게 내리막길을 내려올 수가 있다. 아무리 낮에 하는 일이 힘겨워도 피곤한 몸을 눕히고 잠들 수 있는 밤은 누구에게나 찾아온다.

내가 참고 참으며 하다가 포기한 일을 다른 사람이 잘 해낸 모습을 보면 '나는 참 운이 없구나' 하는 생각을 할 때가 있다. 하지만 그건 운과 관계가 없다. 기왕 참으려면 조금만 더 참으면 되었던 것이다.

인디언 추장들이 기우제를 지내면 한 번도 비가 오지 않은 적이 없다고 한다. 왜냐하면 그들은 비가 올 때까지 기우제를 지내기 때문이다. 인내, 3년 마른 땅도 인내로 기다리면 비가 적셔줄 날이 오게 마련이다.

평소에 잘 오던 버스가 그날따라 오지 않는다. 오래 기다린 끝에 버스가 와서 그것을 타고 목적지에 도달했다면 기분이 그런대로 괜찮을 것이다. 그런데 죽어라 기다리는데도 버스가 오지 않아서 다른 버스를 탔는데 바로 뒤에 그 버스가 오면 '조금만 더 기다릴걸' 하는 후회를 할 때가 있다. 하지만 그것도 결국 인내가 부족한 탓이다.

우리의 삶 자체도 그런 기다림의 연속이다. 그 버스 노선이 없어진 것이 아닌 바에는 기다리면 언젠가 그 버스는 올 것이다. 어떤 희망이나 비전을 가지고 사는 우리에게도 그런 인내가 필요하다. 분명하다면 믿고 기다리며 살아보는 것도 충분히 의미가 있다.

결과보다 과정을 중요시하기

『어린 왕자』에 나오는 것처럼 허영을 좋아하는 이들이 있다. 누군가에게 박수를 받고, 칭송을 받기를 유독 즐기는 이들 말이다. 하지만 사람들이 가장 실패를 많이 하는 때는 아주 잘나갈 때다. 요컨대 박수를 받을 때면 사람들은 들뜨고 자신이 최고인 줄 착각한다.

외국 속담에 "세상을 바꾸러 나가기 전에 너 자신의 집을 세 번 점검하라"란 말이 있다. 위대한 일은 원대한 포부와 큰 뜻에서 비롯되는 것이 아니라 작은 일, 작은 관심에서 비롯되어 잔잔한 호수에 이는 물결의 파문처럼 서서히 퍼져가는 것이다. 그렇게 시간 속에 다져진 성공이라야 오래 지속된다.

졸지에 부자가 된 졸부의 재산, 하룻밤 사이에 스타가 된 사람의 명예, 그렇게 분에 넘치게 주어진 재물이나 명예는 사람을 우쭐하게 만들고 붕 뜨게 만든다. 그러나 이런 사람들은 결국 유행가처럼 이내 잊힌다.

결국 내가 감당할 수 있고 남이 인정할 수 있는 명예와 부, 성공이 진정한 나의 것이지, 그 이상의 명예나 부는 나의 것이 아니다.

크게 되려면, 그리고 그것을 감당할 수 있는 그릇이 되려면 겸손함을 먼저 배워야 한다. 그렇지 않으면 스타가 되더라도 우쭐해하며 안하무인이 되기 쉽다.

"위대함으로 나아가는 길은 언제나 고요를 통해 나 있다"는 니체의 말처럼 크게 된 사람들을 보면 자기 일을 조용히 묵묵히 해나가는 사람들이다.

물론 결과가 중요하기는 하지만 너무 결과나 승부에 집착하지 말아야 한다. 그렇다고 느긋해지라는 것은 아니다. 무엇을 하든 열심히, 그리고 최선을 다해 거기에 집중해야만 한다. 그렇게 최선을 다하고 나서 어떠한 결과가 나오더라도 받아들일 줄 알아야 한다. 내 능력 안에서 최선을 다했다면 실패하더라도 그 실패는 아름다운 것이다.

중요한 것은 그 무엇을 이루기 위해 열정을 가지고 최선을 다하며 그 과정을 즐기고 결과를 겸허하게 받아들이는 것이다. 너무 결과나 승부에 연연하기보다는 순간에 최선을 다하고 그 과정을 즐길 줄 알아야 한다는 것이다. 결과보다 어떻게 살아갈 것이며, 어떻게 처신할 것이냐에 중점을 두고 그러한 과정을 우선시하는 삶을 가치 있게 받아들이는 것이 행복한 삶의 방법이다.

진정한 아름다움을 볼 줄 아는
눈을 가져라

신이 우리에게 눈을 주신 것은 아름다운 것들을 보라고 주셨다. 그런데 우리는 아름다운 자연과 생명체를 보지 못하고 죽어 있는 것들, 부정적인 것들, 추한 것들을 더 잘 보는 경향이 있다.

이에 대해 크리스티안 모르겐슈테른(Christian Morgenstern)은 이렇게 말했다.

"왜냐하면 우리는 살아 있는 생명체를 보기 때문이다. 이 생명체는 외부로부터는 파괴될 수 있지만 내부로부터는 파괴되지 않는 존재다. 나무는 결코 심장마비로 죽는 일이 없다. 풀이 정신을 잃는 경우도 없다. 이들은 외부로부터는 다양한 종류의 위협을 받지만 내적으로는 튼튼하고 확실하다. 이들은 사람들처럼 정신을 잃지 않고 쓰러지지도 않으며 분열된 삶에 시달리지도 않는다."

자연으로 대표되는 숲에 가보면 모든 생명체들이 적절한 거리를 유지하고 있다. 생명체들은 본능적으로 자기 삶을 찾아 뿌리를 내리며 어딘가에 의지해 있다. 계절의 변화에 미리 반응하며, 누가 말하지 않아도 스스로를 변화시킨다. 자연은 우리에게 말이 없으면서도 많은 것을 생각하게 하며 순리라는 것을, 인간의 삶의 정도(正道)가 무엇인지를 가르쳐준다.

헬렌 켈러(Helen Keller)는 『3일 동안만 볼 수 있다면』이라는 책에서 이렇게 말했다.

"만일 내가 3일 동안만 볼 수 있다면, 첫날은 나를 가르쳐준 설리번 선생님을 찾아가 그분의 얼굴을 볼 것이다. 그리고는 산으로 가서 아름다운 꽃과 풀, 빛나는 노을을 볼 것이다.

둘째 날엔 새벽에 일찍 일어나 먼동이 트는 모습을 보고 싶다. 저녁에는 영롱하게 빛나는 하늘의 별을 보고 싶다.

셋째 날엔 아침 일찍 큰길로 나가 부지런히 출근하는 사람들의 활기찬 표정을 보고 싶다. 점심때는 아름다운 영화를 보고 집에 돌아와 사흘간 눈을 뜨게 해주신 하나님께 감사의 기도를 드리고 싶다."

세상을 볼 수 없는 그녀는 얼마나 세상을 보고 싶었을까? 우리는 마음껏 세상을 볼 수 있다. 그런데도 정작 좋은 것들보다 안 좋은 것을 더 많이 보고 있다.

이 아름다운 것들을 보고 싶어도 볼 수 없는 이들이 있지만, 우리는 축복받은 두 눈으로 추한 것만 보려 한다. 이 아름다운 자연의 모습과

"만일 내가 3일 동안만 볼 수 있다면,
첫날은 나를 가르쳐준 설리번 선생님을 찾아가 그분의 얼굴을 볼 것이다.
그리고는 산으로 가서 아름다운 꽃과 풀, 빛나는 노을을 볼 것이다.
둘째 날엔 새벽에 일찍 일어나 먼동이 트는 모습을 보고 싶다.
저녁에는 영롱하게 빛나는 하늘의 별을 보고 싶다.
셋째 날엔 아침 일찍 큰길로 나가
부지런히 출근하는 사람들의 활기찬 표정을 보고 싶다.
점심때는 아름다운 영화를 보고 집에 돌아와
사흘간 눈을 뜨게 해주신 하나님께 감사의 기도를 드리고 싶다."
– 헬렌 켈러 –

소리를 보고 들을 수 있는 복을 누리면서도 당연히 주어지는 것으로만 알고 만용을 부리고 있다. 이것들이 늘 나에게 주어지리란 보장도 없는데 그 소중함을 모른 채 살아가고 있다.

편견의 눈으로 찌그러져 보이는 이 세상이 제대로 보이도록 한 번쯤은 자연을 닮은 순수한 마음으로 돌아가보라. 가끔은 시간의 흐름 속에 나를 맡겨둔 채 순수한 영혼을 되찾아 순수한 눈으로 세상과 이웃을 볼 수 있어야 한다.

61

아주 천천히 걸어보기

모두들 빨리 달려가려 하는 초고속 시대다. 그런 세상을 살면서 이와는 정반대로 느리게 살자고, 여유를 갖자고 주장하는 것이 때로는 시대를 역행한다는 생각도 든다. 하지만 우리는 인간이기에 빨리 달리기만 해서는 안 되고, 때로는 멈추어 서기도 하고, 때로는 아무리 바쁘다 해도 앉아서 쉴 때도 있어야 한다.

모두들 높아지려고만 하지 낮아지려고 하지 않으며, 모두들 빨리만 외치지 천천히는 외면하며 살아가고 있다. 하지만 아무리 높아져도 언젠가는 내려올 수밖에 없으며, 아무리 달려도 언젠가는 서야만 하는 것이 인생이다.

산은 물론 오르기 위한 것일 수도 있지만, 일단 오르고 나면 내려와야만 하는 것이 산이다. 달려가는 것은 달리는 것이 목적이 아니라 어던가에 멈춰서야만 하는 종착지가 있어서 달려가는 것이다.

그런데도 우리는 산은 오르는 걸로만 알고, 달리기는 달리기 위해서 있는 것으로만 알고 산다. 실상 산은 결국 내려오기 위한 것이며, 달리기는 멈추기 위한 것이다.

우리는 바쁘다는 이유 하나만으로 빨리 앞으로만 달려가고 있다. 그러나 가끔은 멈춰 서서 진정한 나를 돌아보아야 한다. 내가 제대로 살고 있는지, 삶의 의미와 존재 이유를 망각한 것은 아닌지, 진정한 자기 자리에 자리매김하고 있는지 돌아보아야 한다.

나 자신도 모르면서 남을 폄하하거나 평가하지 말아야 한다. 늘 반복되는 일상생활 속에서 놀라운 나 자신을 발견하고, 그래서 아주 평범하게 나를 스치고 지나가던 것들, 아무 생각 없이 무심코 지나쳤던 모든 일상이 새롭게 다가올 수 있도록 마음을 열어두어야 한다.

익숙한 것과 이별하기

"등잔 밑이 어둡다"는 말처럼 우리는 너무 가까이 있어서, 또는 늘 함께 하므로 습관처럼 되어 있는 일이라서 잘 모르는 경우가 많다. 우리가 어떤 일을 하다가 그 일을 멈추고 그 일을 돌아보면, 그 일에 대해 더 많은 생각을 하게 되고 모르고 있던 것도 알게 된다. 일상이 되어버린 모든 것을 그냥 무심코 스쳐버리고 말기 때문이다.

담배를 늘 피우는 사람은 담배에 그다지 연연하지 않으면서 습관처럼 담배를 꺼내 물지만, 담배가 없거나 담배를 구할 수 없게 되면 담배에 대해 더 많은 생각을 하게 될 것이다.

우리가 매일 마시는 물은 아무런 맛이 없는 듯하지만, 산 위에 올라 갈증이 나는 상황에서 어렵게 구해 마시는 물맛은 세상 그 어느 맛에도 비견할 수 없는 맛임을 알게 된다.

우리에겐 익숙한 것들과의 단절이 필요하다.
그 단절은 그 익숙했던 것들을 새롭게 볼 수 있는 기회를 준다.
우리는 일에서 잠시 벗어나 그 일에 대한 새로운 맛을 느껴야 한다.
휴식은 우리에게 마음을 열게 해주고 새로운 세상을 열어준다.

때때로 우리에겐 익숙한 것들과의 단절이 필요하다. 그 단절은 그 익숙했던 것들을 새롭게 볼 수 있는 기회를 준다. 우리는 일에서 잠시 벗어나 그 일에 대한 새로운 맛을 느껴야 한다. 휴식은 우리에게 마음을 열게 해주고 새로운 세상을 볼 수 있게 해준다.

휴식이란 어떤 계획이 필요한 것도 아니며 그냥 나를 놓아두는 일이다. 단지 시간이라는 흐름에 자신을 맡기면 된다. 잠을 자고 싶으면 잠을 자고, 꿈을 꾸면 그대로 꾸기만 하면 된다. 아무런 계획 없이 이리 뒹굴, 저리 뒹굴 하며 시간을 보내는 것도 좋다.

가끔 우리는 주말에도 쉬지 못하고 일을 하고 그렇게 다음주에도 이어서 일을 할 때도 있다. 하지만 그렇게 반복되는 일상은 우리를 경기에 임하는 선수로만 키워줄 뿐 관전자의 입장에서 바라보는 짜릿한 휴식을 갖지는 못하게 한다. 반상 위에서 바둑을 두며 승부에만 몰두하는 세계에서 벗어나 가끔은 관전자가 되어보는 것도 반드시 필요하다.

한 번쯤 시인이 되어보기

가을이면 누구나 한 번쯤은 시인이 되어본다. 날씨가 추워지면 하늘은 푸르다 못해 깨어질 듯 청명해진다. 그렇게 너무 맑은 하늘을 보면 왠지 그리움이 왈칵 솟아난다. 이러저러한 이유로 멀어져간 사람들, 아까운 나이에 앞서간 친구들, 나와 이러저러한 관계를 맺었던 모든 사람들과 영원히 함께할 수 있을 것으로 알았는데, 사람들은 누구나 떠나고 남는 그런 순리대로 살아야 함을 느낀다.

이 하늘 아래서는 다시 못 볼 사람들, 혹여 어쩌다 다시 마주칠 수도 있을, 이 땅 어딘가를 함께 밟고 살아가고 있을 기억 속의 사람들. 가을은 그래서 뭔가를 기억하게 해주고, 잃고 있었던 우리들의 마음을 추억이란 망치로 두드려주는 계절이다.

이러저러한 이유로 멀어지고, 이러저러한 이유로 만날 수 없는 사람들, 다시는 볼 수 없고 만질 수 없는 산과 들, 세월이란 두께에 밀려 다시는 느낄 수 없는 그런 감정들…… 센티멘탈이니 멜랑콜리니 그런 외국어가 어울리는 계절이다.

그런 계절도 뒷모습을 보이며 떠나게 마련이다. 우선 자연의 범상 치 않은 움직임이 그런 모습을 보여준다. 축하 향연을 베풀듯이 우수 수 금빛 노래 조각들을 쏟아내는 은행잎들, 그렇게 수북이 쌓인 그 금 빛 길 위로 햇살이 반사되어 에덴동산을 만들어준다.

바람이 불면 퇴색된 박쥐들처럼 징그럽게 땅 위로 날아 내려오는 플라타너스 이파리들이 때로는 우리를 슬픈 감정에 휩싸이게 한다. 예쁘고 추하고 아름답고 징그러운 자연들이 한데 어울려 부르는 가을 의 노래는 우리를 사색에 잠기게 하고, 진지하게 내 인생을 돌아보게 도 해준다.

영국의 《뉴 사이언티스트(New Scientist)》란 잡지에 이런 보고서 내용 이 실렸다고 한다.

"밝고 따뜻한 햇살을 받으며 사는 사람들이 잿빛 하늘 아래 사는 사람들보다 훨씬 건강하다. 예를 들면 프랑스 북부 칼레에 거주하는 주민들이 남부 피레네에 사는 주민들보다 소화기 계통의 암이나 간경 변증에 걸릴 확률이 3배나 높은 것으로 조사되었다. 또한 자살 건수도 햇살을 받지 못하는 사람들이 훨씬 많은 것으로 보고되고 있다."

자연을 자주 접하며 사는 사람들이 그렇지 못한 사람들에 비해 순수 하다. 그러므로 틈나는 대로 자연을 찾아 떠나보는 것은 마음의 수양 을 위해서도, 마음의 여유를 위해서도, 행복을 위해서도 좋은 일이다.

이렇게 우리에게 진지한 갖가지 생각을 가져다주는 인생의 계절,

자폐증 환자처럼 밀폐된 공간에 머물기보다는 산이든, 강가든, 시골 길이든, 코스모스 살랑거리는 오솔길이든 열린 공간으로 나가 걸어보라. 가을의 끝자락에서 폼 재는 시인이 한번 되어볼 일이다.

돈에서 진정한 자유 찾기

언제부터인가 우리는 부자들을 색안경을 쓰고 보는 경향이 있다. 그러다 보니 부자들은 그 부를 자랑하기보다는 오히려 부끄럽게 여기고, 자기가 번 돈을 쓰면서도 내놓고 쓰기보다는 숨어서 쓰려고 한다. 그래서 어떤 이들은 돈이 많으면서도 없는 척, 청빈한 척 목소리만 높인다. 어떤 이들은 돈이 없다는 것을 자랑스러워하고 당당한 척한다. 누구나 돈이 있으면 편리하다는 것을 알고 있지만, 그 돈을 벌기가 쉽지는 않다. 그러면서 우리는 그것도 복을 타고 나야 한다거나 운이 없어서 그런 거라며 나 자신을 변명한다.

가난하지만 그 가난을 자랑으로 여겨서는 안 되며, 내가 가난하고 해서 돈 많은 이들을 비난해서도 안 된다. 어떤 형태로든 가진 자는 없는 자를 도와줄 수 있어도, 없는 자는 아무리 돕고 싶은 사람이 있어도 그를 도울 수가 없다. 가지고 있어야만 우리는 쉼의 여유를 즐길 수 있으며, 마음의 여유, 함께 나눌 수 있는 여유도 가질 수 있는 것이다.

돈의 노예가 되어, 또는 돈에 궁한 자가 되어 마음의 여유를 잃고, 남에게 피해를 주거나 혐오감을 주거나 초라하고 불안하게 살 것이 아니라, 그 돈과 잘 사귀어서 그 돈의 주인이 되어야 한다. 또한 행복한 부자일 줄도 알아야 하며, 돈에서도 여유를 찾을 줄 알아야 한다. 돈과 시간과 사람과 잘 사귀어서 스스로 행운을 만들 줄 알아야 행복한 부자로 살 수가 있다.

감을 먹으려면 돈을 주고 감을 사거나, 감을 살 돈이 없다면 감나무 밑에라도 가야 혹시 떨어질지도 모르는 감을 얻을 가능성이 있듯이, 우리도 움직여야만 우리가 원하는 것들을, 그 꿈을 현실로 만들 수 있다. 그 모든 일은 나의 이 작은 움직임에서 시작된다.

내 능력 안에 있는 일 즐기기

세상에는 내 능력으로 할 수 있는 일이 있는가 하면, 우리 인간의 힘으로는 도저히 불가능한 일도 있다. 내 위치에서는 도저히 불가능한 일이지만, 특정인은 내가 할 수 없는 일을 얼마든지 쉽게 처리할 수 있다.

그래서 사람들은 부를 축적하고 싶어 하고 권력을 가지려 한다. 모든 권력은 국민에게서 나오는 것이지만 실상 국민이란 마치 흩어진 모래알과 같아서 그 권력을 주장하지도, 갖지도 못한다. 그래서 특정인이 그 권리를 이양받아 나라를 다스리고 국민을 다스린다.

내가 할 수 없는 일을 남에게 위탁해놓은 채 우리는 생활한다. 내 권력을 대리인에게 다 준 채로 권리 이행을 할 수 없다. 그러면서도 우리는 자신의 운명을 미리 점치고 싶어 한다.

손금이 좋지 않았던 나폴레옹은 좋은 손금을 만들기 위해 칼로 손금을 그어서 권력을 장악하기도 했지만, 그의 통치가 백일천하로 끝난 것을 보면 그도 자신의 유한함을 어쩌지는 못했던 것 같다. 나폴레옹이 전투 하루를 남기고 서산에 지는 노을을 바라보며 이렇게 말했다.

"만일 내게 여호수아처럼 저 태양을 2시간만 멈추게 할 수 있는 능력이 있다면."

그의 군대 중 포병부대는 맑고 밝은 대낮에는 막강한 힘을 발휘했다. 하지만 흐린 날씨에는 힘을 못 썼다. 해가 서산에 지고, 그 다음날 드디어 격렬한 전투가 시작되었다.

그런데 갑자기 번개가 치고 천둥이 울리면서 소나기가 내리기 시작했다. 길은 온통 수렁으로 변했고, 포병은 진흙탕에 박혀 무용지물이 되고 말았다. 이 전쟁으로 나폴레옹의 재집권은 백일천하로 끝나고 말았다. 이것이 그 유명한 워털루 전투다.

내가 할 수 있는 일과 할 수 없는 일을 구분하는 것은 중요하다. 능력이 안 되는 사람은 조금은 마음을 비워두는 것도 좋을 것 같다. 지금 내가 할 수 있는 일, 그 일을 즐겨야 한다.

이름 없는 잡초에서
이름 가진 존재 되기

식물은 대부분 고유의 이름을 갖고 있다. 물론 그것도 사람이 붙여준 것이지만. 그러나 주위에 지천으로 널려 있는 비슷비슷한 풀들을 우리는 잡초라고 부르고 만다. 사람들은 흔하지 않은 것에는 지대한 관심을 가지고 그것들을 중요시하며 의미를 부여하지만, 흔한 것에는 그다지 관심을 갖지 않는다.

이처럼 우리는 특별이란 단어를 좋아하고 특별한 존재가 되고 싶어 한다. 잡초로 여기며 그냥 지나치던 풀 중에서 특별한 성분을 함유하고 있어 그 약효를 인정받은 것들은 약초로 불린다. 그 사실을 몰랐다면 그냥 보고 지나쳤을 그 풀들이 약초로 불리며 사람들의 관심을 받게 된 것이다. 이처럼 특별해진다는 건 선택받는 일이다.

잡초로 취급되는 수많은 식물들 중에는 우리가 몰라서 그렇지 약효를 가진 것들도 있을 수 있다. 마찬가지로 잡초처럼 이름 없이 침묵을 지키며 사는 우리도 소중한 존재라는 자부심을 갖고 내 자리를 잘 지키며 살아야 한다.

모든 식물도 처음에는 이름을 갖지 못했으며, 모든 동물도 처음에는 제 이름을 갖지 못했다. 지금은 잡초라 할지라도 언젠가는 제 이름을 갖게 될지도 모른다. 우리 모두도 그런 꿈과 비전을 갖고 살아가야만 한다. 우리가 어려운 가운데서도 살아갈 수 있는 것은 우리에게 꿈과 비전이 있기 때문이다.

비록 우리가 선택받지 못한 흔한 존재들이라 해도, 우리와 같은 잡초도 살아남아야 한다. 치열한 생존 게임에서 살아남기 위해서는 남다른 노력이 필요하다.

이름이 있는 식물들도 처음에는 이름 없는 잡초였다. 꾸준히 해마다 피고 지고를 반복하다가 사람들의 눈에 띄어 이름을 얻었다. 우리의 삶도 마찬가지다. 자신의 정체성을 확립하고 주체적으로 살다 보면 잡초의 삶에서 주목받는 삶으로 바뀌어 있을 것이다. 내가 언제까지 이름 없는 잡초로 남아 있을지, 어떤 이름을 가진 존재로 살지는 온전히 나에게 달려 있다.

기다리는 동안 초조해하지 않기

우리는 살아가면서 많은 기다림을 체험하면서 살아간다. 때로는 공원 벤치에서 연인을 기다리며, 때로는 어느 카페 창가에 앉아 약속시간에 오지 않는 친구를 기다리며 안절부절 못 한다. 지나치면 초조함으로 무엇 하나 손에 잡히지 않는 그런 기다림도 경험한다.

시험을 치르고 나서는 불안하고 초조한 마음으로 결과가 나오기를 기다린다. 그럴 때면 아예 다른 일은 시작하지도 못한다. 또 로또를 사 놓고 혹시나 행운이 내게 올지도 모른다는 기대에 젖어 약간은 두근거리는 마음으로 한 주를 보낼 수도 있다.

경품행사에서 나에게 행운을 가져다줄지도 모르는 번호표를 받아들고 그 번호가 불리기만을 바라며 기다리기도 한다. 산다는 것은 기다림이며, 그 기다림의 연속으로 이루어져 있다. 월요일, 화요일, ……

그리고 토요일, 일요일을 기다리며 살고, 또 살아간다.

지혜롭게 기다리는 방법에 대해 하인텔은 이렇게 말한다.

"기다리는 동안 우리는 아무것도 하지 않는다. 갑자기 자신에게로 던져지고 외로움을 느끼게 되는 고요함에 놓인다. 그러면 사람은 그 것을 견디지 못하고, 책을 꺼내 들거나, 다른 사람들을 관찰하거나, 잠을 청하는 것으로 분위기를 바꾸어보려 한다.

그러나 그때 가장 좋은 효과가 있는 것은 아무 일도 하지 않는 것이다. 사람들은 언제나 가방 속에 무엇인가 할 일을 가지고 다닌다. 휴식 시간에도 무엇인가를 해야 한다고 생각한다. 아무것도 하지 않고 가만히 있는 것, 외로움, 고요함을 아주 견디기 힘들어한다.

하지만 이런 시간은 해결하지 못한 문제들을 풀어볼 수 있는 기회이며, 평소에 자신에게 자신에 대한 질문을 던지는 시간이며, 과거나 미래에 대해 점검해볼 수 있는 기회다."

누군가를 기다리는 시간에 초조하게 발만 동동 구르며 기다리기보다는 그 시간을 활용하는 방법을 생각해보자. 그 기다림의 시간은 우리가 평소에 대수롭지 않게 생각했던 시간에 대한 관념을 갖게 하며, 그 시간을 체험할 수 있는 순간들이 된다.

그런 시간들 속에 우리의 기다림이 들어 있으며, 만남도 들어 있다. 우리가 아무리 붙잡으려 해도 그 시간은 정확히 흘러가고, 그 시간을 거스르지 못하는 우리는 우리의 만남을, 이별을, 그리고 우리에게 일어나는 삶의 모든 양상들을 어김없이 그 시간에 실려 보내야만 한다. 그런 시간들에 순응하며, 그 시간이라는 배 위에서 나 자신을 돌아볼 줄 아는 삶의 여유를 가져야 한다.

벼락공부의 유혹에서 벗어나기

시골에서 농사를 지으며 검정고시 준비를 했다. 참 열심히 공부했던 것만은 사실이지만, 그다지 많은 시간을 공부할 수는 없었다. 날이 밝으면 들로 나가 일하고 밤이 되어서야 집에 돌아오곤 했다. 지친 몸으로 책상 앞에 앉으면 마음만 급하지 몸이 따라주지 않아 나도 모르게 저절로 잠이 들어버리는 그런 일상이 반복되었다.

　그나마 겨울이면 공부할 수 있는 시간이 어느 정도 주어졌다. 어머니가 옥수수엿을 고던 어느 날, 시험을 사흘 앞두고 공부에 매달렸다. 엿을 고느라 하루 종일 아궁이에 불을 때서 방바닥이 너무 뜨거운데도 시험이 코앞이라 뜨거운 것을 참고 몸을 배배 꼬며 공부에만 집중했다.

　어머니는 방이 뜨거워 견디지 못하고 아들이 방 밖으로 나올 때가 되었는데도 한 번도 나오지 않는 것이 이상하다고 생각하셨는지 방문을 열어보고는 깜짝 놀라셨다. 이불이 타고 있었던 것이다. 나는 방바닥이 너무 뜨거워 이불을 깔고 앉아 공부를 하고 있었는데, 공부에 열중한 나머지 이불이 타고 있는지도 몰랐다.

어머니가 이불을 확 들추어내자 이불 밑이 누렇게 타고 있었다.

"이런 미련 곰탱이 같은 녀석!"

어머니는 이 말씀과 함께 내게 꿀밤 한 대를 먹였다. 그렇게 사흘동안 정말 거의 잠을 자지 않고 공부만 했다. 그렇게 공부하여 시험을 무사히 잘 치를 수 있었다.

시험을 마치자 잠이 물밀듯이 밀려왔다. 간신히 밥만 먹고 눕고를 반복하며 무려 20여 시간의 긴 잠을 자고 나서야 잠에서 해방되었다. 그런데 그렇게 긴 잠을 자고 난 뒤 놀랍게도 그동안 열심히 공부했던 내용들이 머릿속에 거의 남아 있지 않고 어디론가 사라져버리고 말았다.

벼락공부, 그건 진정한 지식으로 자리 잡는 것이 아니다. 우리는 살면서 때때로 벼락공부를 하듯이 일을 급하게 해치우곤 한다. 하지만 그 후유증은 길게 남아 우리를 오히려 무기력하게 만든다.

문서를 아무렇게나 컴퓨터에 입력해놓으면 나중에 찾기가 어렵듯이, 핸드폰에 무작위로 주소를 입력하기보다는 친소 관계에 따라 입력해두면 나중에 찾기도 쉽고 단축번호도 암기하기 쉬워서 쓰기에 편리하다.

차후에는 그렇게 일도 여유를 가지고 체계적으로 차근차근 해나갔으면 좋겠다. 벼락공부가 아니라 조금씩 예습도 하고 복습도 하는 그런 여유 있는 마음으로 순조로운 삶을 살아갔으면 한다.

CHAPTER 6
더불어 사는 삶의 의미를 깨닫는 시간

서로 다름을 인정하라

사람들은 똑같은 손을 가지고 있는데, 나는 손으로 글을 쓰고, 다른 사람은 손으로 악기를 연주한다. 똑같은 발을 가지고도 어떤 사람은 공을 차고, 어떤 사람은 달리기를 한다. 사람들은 똑같은 것을 가지고도 각기 다른 것을 한다.

내 손과 발, 내 머리와 내가 가진 것들로 나는 무엇을 하며, 다른 사람들은 나와 똑같은 것을 가지고 무엇을 하는지 생각해보자.

어떤 이는 "두 손은 일만 하는 데 쓰이는 것이 아니라, 기쁘면 손뼉을 치는 데도 쓰인다"고 말한다. 참으로 같은 손을 가지고도 우리 자신도 여러 가지를 하고 있다. 그런데도 우리는 그 손에 대해 제대로 생각해보지 않고 살아간다. 같은 발을 가지고도 여러 가지를 하고 있지만, 우리는 그 발에 대해 감사하는 마음조차 가져본 적이 없다. 스스로 인정하지 않는다 해도 우리는 쓸데없이 마음만 바쁘게 살고 있다.

　"일한다는 건 행복하고 거룩한 행위다. 하지만 일로부터 자신을 지키는 사람은 복되며" 그 일에서 스스로 자유로울 수 있는 사람은 지혜로운 사람이다. 일에서 자유롭지 못하고 늘 매여만 있는 사람은 실상은 일도 제대로 해내지 못하는 무능한 경우가 많다. 소위 휴식을 잘 즐길 줄 알아야 일도 잘 할 줄 아는 것이다.

　사람은 다 비슷하게 생긴 것 같지만, 하는 일은 각기 다르다. 내가 가지고 있는 지체(肢體)도 모두 나에게 달려 있지만, 서로 다른 일을 한다. 모두가 한 가지 일만 하지 않기에 내가 살아갈 수 있다.

　내가 그들과 다르듯이 그들도 나와는 다른 일을 한다. 그렇다고 내가 하는 일이 그들보다 못하다고 할 수도 없으며, 그들이 하는 일이 내가 하는 일보다 못하다고 할 수도 없다.

　같으면서 다른 우리는 서로를 인정하며 살아야 한다. 같으면서 다른 우리는 서로를 존중하며 살아야 한다. 무엇보다도 나 자신이 하는 일에 자부심을 가져야 한다. 늘 같은 일상이 반복되는 것 같지만, 달리 보면 다르다는 것을 알아야 한다.

상황에 어울리는 말을 연습해보라

한번 떠나면 다시는 절대로 돌아올 수 없는 세 가지가 있다. 첫째가 한번 지나면 다시는 돌아올 수 없는 기회이고, 둘째가 활의 시위를 떠난 화살이며, 셋째가 우리 입에서 떠난 말이라는 것이 있다.

기회는 일단 놓치면 나에게 큰 손해다. 하지만 그것은 남에게 그다지 피해를 주지는 않는다. 활시위를 떠난 화살은 그 자체로 의미를 가진다. 하지만 말이라는 것은 일단 내게서 떠나면 나 자신에게 영향을 줄 뿐 아니라 다른 사람들에게도 지대한 영향을 미치는 되돌릴 수 없는 것이다.

말은 백 번 조심해도 지나치지 않는다. 우리의 입은 활과 같아서 잘못 겨냥한 말은 자칫 독화살로 변해 상대에게 치명적인 마음의 상처를 줄 수도 있으며, 그 말이 부메랑이 되어 나에게도 치명적인 상처를 줄 수도 있다. 반면 잘 겨냥한 말은 큐피드의 화살처럼 사랑을 전하는 것일 수도 있다.

그래서 자신의 위치와 상황에 맞는 말을 골라 할 줄 알아야 한다. 진정 말 잘하는 사람은 상대를 꼼짝 못하게 하는 토론의 달인이 아니라, 상대를 잘 배려하며, 알아듣기 쉽게, 그리고 예의에 맞게 품위 있는 단어를 골라 할 줄 아는 사람이다. 내 위치에 맞는 말과 상황에 어울리는 말을 할 줄 알고 상대를 배려하며 말할 줄 아는 사람이 진정한 교양인이다.

짐 나누어 지기

"Come to me, all you who are weary and burdened, and I will give you rest. Take my yoke upon you and learn from me, for I am gentle and humble in heart, and you will find rest for your souls. For my yoke is easy and my burden is light."

지치고 짐을 진 여러분 모두 내게로 오십시오. 그러면 나는 여러분에게 쉼을 줄 것입니다. 나는 마음이 온유하고 겸손하므로 내 멍에를 메고 내게 배우십시오. 그러면 여러분은 영혼의 쉼을 얻을 것입니다. 내 멍에는 쉽고 내 짐은 가볍기 때문입니다.

– 신약성경 마태복음 11 : 28-30

시골에서 농사를 지을 때, 비료를 사서 집에 가려면 비료를 지게에 짊어지고 가파른 20리 고갯길을 숨을 헐떡이며 가야 했다. 25킬로그램 비료 세 부대를 짊어지면 처음에는 꽤 가벼운 듯 느껴지지만, 걸음을 옮기면 옮길수록 점점 무거워진다. 평지는 그런대로 갈 만하다. 그러나 경사진 길을 오르려면 숨이 턱까지 찬다. 쉬면 그 쉬는 만큼 더 힘이 들고 일어나기 싫어진다. 그래서 억지로 더 참고 고개를 향해 오르고 또 오른다. 그러다 한계에 도달하면 잠시 무거운 지게를 어깨에서 내려놓고 쉬어간다.

그 짧은 잠깐의 휴식, 가파른 고갯마루를 힘겹게 올라 정상에서 잠시 쉬는 그 순간의 달콤함이란 뭐라 표현하기 어렵다. 그때는 그 순간이 가장 행복하다.

밭을 갈거나 논을 갈 때 소의 목덜미에 얹어지는 멍에의 무게, 사람인 나는 그 멍에가 얼마나 무거운지 가늠하기 어렵다. 하지만 무더운 여름날 헐떡거리며 쟁기를 끌고 있는 소의 입에서 새어 나오는 하얀 거품에서 그 소가 얼마나 힘들어하는지 어렴풋이 느낀다. 하지만 소들은 힘들다는 표현 한마디 하지 못한다.

세상을 살아가는 우리 모두는 나름대로 무거운 삶의 짐을 지고 살아간다. 그 짐의 무게는 흐르는 세월과 나이에 비례하여 우리를 짓누르고 힘겹게 한다. 그렇다고 내 짐을 누가 대신 져줄 수 있는 것도 아니다. 그 짐은 오로지 내 몫이다.

하지만 같은 무게의 짐이라도 처음에 짊어지면 그것이 짐으로 느껴지지 않을 만큼 가볍게 느껴지다가 시간이 지나면 지날수록 무겁게 느껴진다. 또한 같은 무게의 짐이라도 그것을 기꺼운 마음으로 짊어지면 가볍게 느껴지고, 반면 하기 싫어 억지로 짊어지면 무겁게 느꺼지는 법이다. 이처럼 우리 삶의 짐 또한 같은 무게의 짐이라도 상황에 따라 또 마음먹기에 따라 가볍게 느껴질 수도 있고 무겁게 느껴질 수도 있다. 그 짐이 가볍게 느껴지게 하려면 가끔은 그 짐을 내려놓고 편안한 마음으로 그 짐을 바라보며 충분히 쉬어야 한다. 무거운 짐에 짓눌린 마음을 달랠 수 있는 시간을 가짐으로써 무거운 짐을 잠시 잊어보는 것이다.

가끔은 성경도 읽고, 찬송가나 유행가도 불러보고 독서도 해볼 일이다. 내 마음이 풍요로워지면 그 짐은 이제 짐이 아니라, 즐거운 일거리로 내게 다가와 나를 맞이해준다.

오늘 하루쯤은 멍에처럼 나를 내리누르는 삶의 짐을 잠시 내려놓고 내 마음을 달래줄 수 있는 신에게 마음을 맡겨보는 것도 좋을 것이다.

내 마음을 털어놓을 수 있는 누군가의 어깨를 빌려보자. 짐을 혼자 지면 아주 버겁지만 나누어 지면 쉽게 질 수가 있다. 기꺼이 무거운 짐을 나누어 져주는 누군가에게 감사하는 마음을 갖자. 그리고 나 또한 그 누군가의 무거운 짐을 나눠 져주는 존재가 되어보자. 힘겨운 세상이지만 그래도 살 만한 세상인 것은 그들이 있기 때문이다.

사람다운 사람 되기

앞만 보고 달려가다 보면 내 앞에 나타나는 것만 볼 수밖에 없다. 그러다 보면 주위를 돌아보지 못하고, 뒤에 있는 것은 더더욱 볼 수가 없다. 그렇게 우리는 자신도 모르게 자신만을 생각하고, 자신만을 기억하고, 자신의 목표만을 이루려는 이기적인 존재가 되어간다.

그러나 이 세상은 많은 사람들과 더불어 살아가는 세상이라는 것을 잊어서는 안 된다. 예쁜 모습도 보고 추한 모습도 보며 사람들의 다양한 모습에서 더불어 살아가는 세상의 의미를 볼 줄 알아야 한다. 그렇게 더불어 살아가는 존재들의 삶이 의미 있으며 아름다운 것이다.

아테네의 철학자 디오게네스(Diogenes)가 대낮에 등불을 켜들고 무언가를 아주 열심히 찾고 있었다. 이상하게 생각한 사람들이 디오게

네스에게 무엇을 찾고 있는지 물었다. 그러자 그는 이렇게 대답했다.

"사람들을 찾고 있지요."

"사람들이라니요, 여기에 사람들이 이렇게 많은데, 사람을 찾다니요?"

"사람다운 사람을 찾으려고 등불을 켜들고 헤맸지만 한 사람도 없었습니다."

사람다운 사람, 사람으로 태어났다고 다 사람이 아니다. 사람다워야 사람이다. 사람다운 사람이 되려면 세상이 더불어 사는 공동체임을 인식하고 더불어 사는 데 방해가 되지 않아야 한다. 물질문명이 발달할수록 세상은 더 바삐 돌아가고, 사람들은 일에 파묻혀 살며 미디어에 빠져 산다. 그러다 보니 사람을 직접 상대하기보다는 도구를 통해 상대한다. 그러면서 사람을 잃어간다. 그렇기 때문에 사람다운 사람을 만나기도 어렵고 찾기도 어렵다.

그러면 나는 어떤가? 하긴 나도 나의 모습과 내 삶에 대해서 잘 모르고 산다. 자신의 여러 모습마저도 제대로 못 보는 나는 참 어리석다. 자신의 모습만 보며 살려는 나는 지혜롭지 못하다. 주변 사람들을 돌아보며 사는 사람, 그래, 그런 사람이 되고 싶다. 그런 사람이 지혜롭고 아름다운 사람이다.

73

소문은 한 번 더 확인하고 말하라

신성 로마제국의 황제 프리드리히 2세(Friedrich II)의 일화다.

그가 어느 날 초콜릿 한 잔을 마시려고 옆방으로 갔다. 그런데 마침 손수건을 두고 온 것이 생각나서 그것을 가져오려고 침실로 건너갔다.

그동안에 천장에서 거미 한 마리가 떨어져서 초콜릿 속에 빠졌다. 그는 초콜릿 한 잔을 다시 주문했는데, 그 순간 한 발의 총성이 울렸다.

요리사가 왕을 독살하려고 초콜릿에 독을 넣었던 것인데, 그 계획이 탄로 난 것으로 착각한 요리사가 자살했던 것이다.

확인되지 않은 사실을 호들갑스럽게 떠벌리는 사람들이 있다. 그 행위는 자신에게 해가 될 뿐만 아니라 그 행위로 인해 그 소문의 당사자도 치명적인 피해를 입을 수도 있다.

더구나 초고속 인터넷 시대에는 잘못된 소문으로 인해 끔찍한 일이 벌어지기도 한다. 그 헛소문이 다른 사람의 사업을 망하게 할 수도 있고, 다른 사람의 삶을 망칠 수도 있다. 그러므로 누군가에게 피해를 줄 소문이라면 한 번 더 확인할 필요가 있다. 만약 자신과 직결된 소문이라면 한 번 더 생각하고 행동해야 한다.

우유부단한 것과 한 번 더 생각하는 것은 다르다. 서두름은 우리의 판단을 흐리게 만들고 허둥대게 한다. 늘 서둘러 말하는 사람, 서둘러 행동하는 사람이 실수를 하는 것이다.

말을 많이 하다 보면 남의 이야기를 하게 되는 것은 당연하다. 그러다 보면 남의 말이나 소문을 왜곡할 수도 있고, 서로 간에 싸움을 일으킬 수도 있으며, 일을 망칠 수도 있다.

남들이 바쁘게 산다고 해서 거기에 휩쓸리기보다는 자기에게 맞는 삶의 속도와 리듬을 가지고 살아야 한다. 적어도 남에게 득이 되는 삶은 아니어도 해가 되지 않는 삶을 살아야 한다.

누군가를 소중히 여기고
누군가의 소중한 존재가 돼라

살다 보면 많은 사람을 만나고, 또 많은 사람을 잊으며 산다. 새로운 관계를 맺고, 묵은 관계를 잘라낸다. 정들었던 사람들도 어느 순간에는 기억에서 서서히 지우기도 한다. 또 새로운 사람들을 만나 어울리며 제법 그런대로 잘 살아간다. 가끔 여유가 생기면 지난 사람들과의 추억을 떠올리며 그날로 돌아가보기도 하지만, 제법 잊을 줄도 알며 살아간다.

전혀 예기치 않은 곳으로 삶의 터를 옮기기도 하고, 아쉬워하며 정들었던 모든 것을 뒤로하고 새로운 환경에 적응하면서 살아간다. 때로는 그동안 정든 것들을 잊는다는 것이 무슨 큰 잘못을 저지르는 것인 양 마음이 편하지 않지만, 시간은 그 잊음마저도 합리화시켜준다.

그 정든 모든 것을 오래 기억하고 싶지만 삶이 바뀌고 새롭게 적응

해야 할 것이 많아지면서 오랜 기억들은 차츰 새로운 기억들로 교체된다. 그런 가운데서도 나는 누군가를 소중히 여기고, 누군가의 소중한 존재가 되고 싶어 한다.

카렌 케이시(Karen Casey)의 아름다운 시처럼 말이다.

우리는 누군가에게 소중한 사람

누군가 우리에게 고개를 한 번 끄덕여주는 것만으로도……
우리는 미소 지을 수 있고,
또 언젠가 실패했던 일에
다시 도전해볼 수 있는 용기를 얻게 되듯이
소중한 사람이 우리 마음 한구석에 자리 잡고 있을 때
우리는 그 어느 때보다 밝게 빛나며……
활기를 띠며 자신의 일을 성취해나갈 수 있어요.

우리는 누구나 소중한 사람을 필요로 해요.
또한 우리들 스스로도 우리가 같은 길을 가고 있는……
소중한 사람이라는 걸 잊어서는 안 되겠지요.

우리는 누군가에게
소중한 사람이라는 걸 알고 있을 때
우리는 어떤 일에서도 두려움을 극복해낼 수 있듯이
어느 날 갑자기 찾아든 외로움은……

우리가 누군가의 사랑을 느낄 때 사라지게 됩니다.

우리는 모두 그 누군가에게 참으로 소중한 사람이다. 이 세상에 존재하는 한 잊혀지지 않을 소중한 사람이다. 그러므로 우리는 그 사랑을 유지하도록 자신의 모든 것을 사랑해야 한다.

또한 우리가 소중하게 생각하는 사람들이 있다. 내가 소중하게 생각하는 사람이 나의 사랑을 받아들이고 나의 의도대로 살아주는 한 나는 아주 행복할 것이다.

소중한 무언가가 내 마음에 있는 한, 나는 참 행복하다. 소중히 여길 무언가가 있는 한, 나는 아름다운 비전을 갖는다. 나는 누군가에게 소중한 사람이며, 누군가를 소중히 여기며 살아간다는 그 사실 하나만으로도 마음이 설렌다.

소중한 그 무엇, 사랑이라는 감정, 세상의 모든 아름다움은 마음의 여유를 찾을 때 찾아온다. 외로워도, 힘들어도 누군가에게 소중한 내가 되어야 한다.

소중한 무언가가 내 마음에 있는 한, 나는 참 행복하다.
소중히 여길 무언가가 있는 한, 나는 아름다운 비전을 갖는다.
나는 누군가에게 소중한 사람이며,
누군가를 소중히 여기며 살아간다는 그 사실 하나만으로도 마음이 설렌다.

마음에 드는 글에 따뜻한 댓글 남기기

무언가를 나누며 살아갈 수 있다는 사실 하나만으로도 그는 여유 있는 사람이다. 그런데 우리는 뭔가를 나누며 살 수 있는 시간이 그리 많지 않다. 일 중독증인지 모르지만 오히려 일이 없으면 뭔가 허전하고 불안해지기까지 한다.

봄이 이렇게 아름다운 풍경을 만들어주어도 그 길 위에서 사색을 즐기거나 멈추어 서서 하늘과 들꽃을 감상할 수 있는 마음의 여유조차 갖지 못하고 우리는 살아간다. 하지만 우리 마음속에는 가끔은 쉬고 싶다는 갈망이 있다. 나는 그런 그들이 잠시나마 마음의 여유를 가질 수 있도록 오래전부터 새벽에 일어나 이메일을 쓰고 있다.

내 글에 가장 열성적인 한 카페 회원들의 고마운 댓글 몇 편을 여기에 소개해본다.

어머니 생각이라는 메뉴는 검색을 해야만 찾게 된다는 말, 참으로 가슴을 아프게 합니다. 이제 가시고 없는 어머니, 그마저도 할 수 없기 때문이죠. 아직은 곁에 계시므로 행복한 님들이여~~

그 은혜를 기본 메뉴로 입력했으면 좋겠습니다. 왕자님! 좋은 말씀 감사합니다.^^*

- 백설꽃님 / [07:54:40]

어머니의 존재 가치를 깨닫고 있는 어린 왕자님, 그 마음, 그 사랑, 아주 작은 것으로라도 어머니한테 표현해보세요. 어머니는 그날 하루, 아니 평생을, 그 감격을 잊지 못할 겁니다. 고운 왕자님, 오늘 하루도 의미 있는 하루가 되시길 바랍니다…….

- 분아님 / [09:00:12]

왕자님이 이 아침 저의 가슴을 뭉클하게 하는군요……. 눈 비비고 일어나 급한 마음에 세수만 하고 급히 자전거를 끌고 나오는데, 뒤에서 들리는 말씀…….

"애비야, 밥이라도 한술 뜨고 가려무나" 하는 어머니의 말씀에 "늦었네요" 하곤 서둘러 나온 것이 마음에 걸립니다……. 이렇듯 무심코 한마디 던진 말이 당신의 가슴엔 멍울이 들 거란 생각을 이제야 하고 있네요……. 댓글 끝나면 아침 잘 먹었다고 전화를 드려야겠습니다……. 좋은 글로 우매한 못난 자식의 이기심을 버릴 수 있게 해주셔

서 감사합니다……. 좋은 하루 되시고 건강하시길…….*^*

   – 아버지님 / [09:06:54]

어머니 생각하면 언제나 가슴 한쪽이 아려옵니다…….

   – 이쁜마음님 / [09:30:20]

   글을 쓰는 이는 자신의 글에 동조자를 찾고 싶어 한다. 자기 글을 읽어주는 사람, 자기 글에 공감을 표하는 사람을 만나면 무척이나 반갑다. 짧은 댓글 하나로 글을 쓰는 이에게 용기를 줄 수 있다. 오늘도 나는 댓글 하나에 힘을 얻고 그들에게 전할 이메일을 쓰기 위해 즐거운 마음으로 새벽을 연다.

다른 사람과 고민을 나누어보라

지도자를 잘못 만났든 우리가 부족해서든 요즘은 모두들 힘겨워하는 것 같다. 모두들 죽겠다고 아우성이지만, 소매 걷어 부치고 경제 살리겠다고 나서는 이들이 보이지 않는다. 지도자들은 말로만 경제를 살려야 한다고 떠들어대지 실제로 그것을 해결할 만한 뚜렷한 방책을 내놓고 있지 못하다.

중국의 한나라가 통일할 때의 이야기다. 지략이 뛰어난 참모를 둔 왕이 적국에 쳐들어가려고 첩자를 적국으로 보내 동정을 살피게 했다.

첩자가 돌아와서 "지금이 적을 치기에 적기입니다. 그 나라 백성들의 원성이 보통 높은 것이 아닙니다"라고 했다. 그러자 참모는 "아닙니다 아직 3개월은 기다려보아야 합니다"라고 말하며 기다리라고 조언했다.

3개월이 지나자 다시 왕은 첩자를 보내 그 나라의 동정을 살폈다. 첩자가 돌아와 "이젠 정말 좋은 기회입니다. 백성들이 못살겠다고 다른 나라로 떠나고 있습니다"라고 말했다.

하지만 참모는 "아직은 때가 아닙니다. 3개월만 더 기다려봅시다"라고 말했다.

또다시 3개월이 지나자, 왕은 다시 첩자를 적국으로 보냈다. 첩자가 돌아와서 "이상하게도 그 나라 사람들은 아무 말도 안 하고 멍하니 있습니다"라고 말했다.

이 말을 듣고 나서야 참모는 왕에게 고하여 군사를 일으키게 했고, 결국 힘 안 들이고 대승을 거두었다.

현실이 아무리 어려워도 환경이나 다른 사람을 탓해서는 안 된다. 우리에게 주어진 현실은 그 누구의 잘못이라기보다도 우리 모두가 선택한 것이다.

조금은 힘겨워도 우리는 희망을 노래해야 한다. 전쟁의 폐허에서도 한 송이 들꽃이 피어나듯이, 아무리 어려운 현실이어도 긍정과 희망으로 최선을 다하면, 세상은 우리에게 아름다운 노래를 부르며 다가와줄 것이다.

어쩌면 삶은 힘겹고 버거워서 더 살 만하고 가치가 있는 것인지 모른다. 그냥 흐르는 대로 따라 사는 것은 삶을 무의미하고 무기력하게 만든다. 지고 있으나 마나 한 가벼운 짐보다 무게가 느껴지는 짐이 가치가 있듯이, 삶도 조금은 무게가 느껴질 때 의미와 가치가 있는 것이다.

각자 지고 가는 짐이 무거울지라도 함께 어깨를 나누고 노래를 부르며 손잡고 함께 가는 그 길은 여유도 있고 즐거운 길이듯이, 우리 모두 불평만 할 것이 아니라 짐을 나누어 지는 그런 마음으로 주위를 돌아보며 작은 배려일지라도 베풀면 우리 삶은 그런대로 따뜻하고 살 만할 것이다.

더불어 사는 기쁨을 느껴보라

아침에는 네 발로 기고, 점심나절에는 두 발로 걷고, 저녁나절에는 세 발로 걷는 동물, 그를 인간이라고 말한다.

인간이 만물의 영장이 될 수 있었던 것은 두 발로 걸을 수 있는 직립 동물이라는 점 때문이다. 발은 네 개였지만 두 발로 걸으면서(물론 이제는 손이라고 우기지만) 그 남은 두 발을 가지고 다른 동물들이 할 수 없는 일을 할 수 있었던 덕분에 인류는 무한한 발전을 거듭하여 만물의 영장으로 존재하고 있다.

하지만 인간은 다른 동물들보다 굼뜨고 느린 것이 사실이다. 송아지는 태어나서 불과 1시간도 안 되어서 일어나 걷는다. 하지만 인간은 처음엔 누워 있기도 힘들어하다가 겨우 배로 기고, 꽤 많은 시간이 지나서야 네 발로 기고, 또 많은 시간이 지나서야 간신히 서서 두 발로 걷기 시작한다.

인간은 이렇게 아주 느리게 생육 발달 과정을 겪는다. 그럼에도 불구하고 인간은 성급해서 기어가기도 힘겨운데 걸으려 하다가 넘어지는가 하면, 걷기도 힘겨운데 뛰려 하다가 넘어지곤 하는 과정을 반복한다.

원래 우리의 태생이 느리고 굼뜬 것처럼, 서두르지 말고 절차에 따라 조금씩 발전해가는 여유를 가져야 인간다운 삶을 살 수 있다. 넘어지고 깨지며 시행착오를 거듭하는 가운데 교훈도 얻고 배움도 얻을 테지만, 다른 이들을 괴롭게 하는 그런 시행착오는 줄이고 더불어 살아가는 기쁨을 먼저 생각할 줄 알아야 한다.

맡은 일과 사람에게 최선을 다하라

늘 여유 있는 사람은 사람 관리도 여유 있게 할 줄 안다. 하지만 조급한 사람은 당장의 이익만으로 그 사람을 평가한다. 옛말에 "내가 마시지 않는다고 우물에 침 뱉지 말라. 언젠가는 네가 다시 그 우물물을 마시게 될 날이 있다"는 말이 있다.

지금 내가 소속된 집단이든 단체든 마음에 들지 않는다고 해서 경시해선 안 된다. 언제 어떻게 변할지 아무도 모르기 때문이다. 지금 나의 밑에 있는 이가 내 위에 있을 수도 있고, 그 반대일 수도 있다. 그러므로 누구를 대하든 정성을 다해야 한다.

사람들이 무시하는 거리의 노숙자일지라도, 내게 지금 몇 푼 구걸하는 거리의 빈자일지라도 누구를 대하든 진심어린 마음으로 대해야한다.

어느 건축회사에 다니는 사람이 퇴직을 앞두고 사장에게 이런 부탁을 받았다.

"그동안 참 수고 많았네. 마지막으로 집 한 채만 더 지어주게."

그는 이제 얼마 안 있으면 이 회사를 떠난다는 생각에 모든 일을 대충대충 해치웠다. 재료도 안 좋은 것으로 골라서 대충 쓰고, 시공도 준공검사를 간신히 받을 정도로 대충대충 했다.

그 집이 거의 완성될 즈음에 사장이 현장을 방문했다. 그러고는 그에게 그간의 노고를 치하하며 이렇게 말했다.

"이 집은 바로 자네의 집일세. 자네의 은퇴를 기념하기 위한 내 선물이네."

남의 일을 하든, 무슨 일을 하든 그 일에 최선을 다하고 성의를 다하면, 그 일의 보답은 나 자신에게 돌아온다. 남의 일이라고 해서 아무렇게나 하면 그 손해 역시 나의 몫으로 돌아온다. 남의 일이라도 대충하고 나면 일말의 양심이 있는 사람이라면 마음이 괴로울 것이다. 그러니 그것은 결국 나 자신의 손해다.

자신에게 아무런 보답이 없을 듯싶은 남의 일이라도 최선을 다하면 밖에서도 좋은 평가를 받게 마련이다. 당장의 이익만을 바라는 조급한 마음이 아니라 여유 있는 마음으로 그 일에 최선을 다하는 사람은 언젠가 성공하게 될 것이다. 이 세상의 좋은 것들은 눈앞에 있는 것이 아니라 우리 발밑에 있다.

겸손한 자세로 상대의 말을 경청하라

말은 늘 오해의 산물이라 차라리 말이라도 안 하면 중간은 가는데 웬 말을 그렇게도 하고 싶어들 하는지 막말이 오고 간다.

가장인 내가 험한 말을 하면 우리 아이들이 내 말을 배운다. 높은 사람일수록 그 조직 내에서 책임이 더 크게 마련이다. 물론 잘못을 아랫사람에게 덮어씌우는 못난 상사도 있기는 하지만 말이다. 우리 모두 "남이 나를 본받는다", "내 아이가 나를 배운다"는 그런 마음으로 부드럽고 아름다운 말을 사용하고 행동도 그렇게 한다면 보다 나은 세상이 될 것이다.

일이 안 된다고 초조해하며 성질만 부리면 일만 꼬이고 될 일도 안 되는 법이다.

노자(老子)는 "번잡한 일들을 내려놓아라. 입도 다물어라. 그래야 비

236

로소 네가 도의 정신을 파악할 수 있게 된다"라고 조언했다.

누군가가 성 아우구스티누스(St. Augustine)에게 이렇게 물었다.
"신앙생활에 있어서 중요한 첫 번째를 꼽으라면 무엇이 있을까요?"
그러자 그는 그것은 겸손이라고 대답했다.
"그럼 둘째는 무엇입니까?"
"물론 겸손이지요."
"그렇다면 세 번째는 무엇입니까?"
"물론 겸손이오."

가끔은 역동적이고 적극적인 인물이 필요할 때가 있다. 하지만 요즘은 무엇보다도 겸손이 필요할 때인 것 같다. 무조건 나만 옳고 나와 거슬리면 적이라고 생각하는 오만함 때문에 대화가 오가지 못하고 통보만 있는 그런 사회 분위기가 연출되고 있다.

대화의 기본은 상대의 말을 일단 듣는 것인데, 내 말만 하려 한다. 그래서 내가 더 많은 말을 하면 내가 이긴 것으로 생각하지만 그것은 오해이며 독선일 뿐이다. 내 말만 하려 하거나 말 잘한다고 뽐내기보다는 먼저 남의 말을 경청하고 이해하려고 노력하는 자세를 가져야 한다. 상대의 말을 경청하는 태도, 상대를 존중하는 태도를 가지려면 진정 겸손해야 한다.

겸손의 덕과 침묵의 이익은 약한 것 같지만, 결국은 강한 자를 이긴다.
이 세상에는 약간의 사람만이 참다운 겸손을 알고 있다.
- 톨스토이 -

미움을 마음에서 지우기

살다 보면 왜 그리 미운 사람들이 많은지 깜짝 놀랄 때가 있다. 내게 정신적인 피해를 주는 사람이 밉고, 물질적인 피해를 주는 사람이 미워서 마주치는 것조차 짜증스러울 때가 있다.

우리는 나만 생각하며 상대를 생각하지 않는 경향이 있다. 내가 접근하는 것을 상대가 편안해하는지 불편해하는지 관계없이 내 나름대로 평가하고 그를 못살게 굴고 귀찮게 한다.

"일일이 신경 쓰며 어떻게 사느냐"고 묻는 이도 물론 있다. 하지만 상대를 편안하게 해주고 기쁘게 해주는 건 유쾌한 일이다. 언제 만나도 상대가 편안해하는 그런 만남이어야 한다. 그러려면 미워도 용서하고 상대를 편안하게 해주는 지혜가 필요하다.

나쁜 남편을 둔 아내가 있었다. 아내는 남편이 미울 때마다 나무에 못을 하나씩 박았다. 바람을 피울 때에는 큰 못을 소리 나게 때려 박기도 했다. 술을 마시고 와서 자신을 때리고 욕을 할 때에도 못은 하나씩 늘어났다.

어느 날, 아내가 남편을 불러서 이런 이야기를 했다.

"여기 좀 보라고요. 여기 못이 박혀 있는 것을. 이 못은 당신이 내게 잘못할 때마다 하나씩 박았던 못이란 말이에요."

나무에는 크고 작은 못이 수없이 박혀 있었다. 남편은 아무 말도 못하고 고개를 숙였다. 그날 밤 남편은 아내 몰래 나무를 안고 울었다. 그 다음날부터 남편의 삶은 완전히 변했다. 그는 매사에 아내를 진심으로 사랑하며 지극히 대하고 아껴주었다.

어느 날, 아내는 남편을 불러 "여보! 이제는 끝났어요. 당신이 고마울 때마다 못을 하나씩 뺐더니 이제는 하나도 없어요"라고 말했다.

그러자 남편은 "여보! 아직도 멀었소, 못은 없어졌지만 못 자국은 남아 있지 않소?"라고 말하는 것이었다. 아내는 고마운 마음에 남편에게 달려가 남편을 부둥켜안고서 눈물을 펑펑 흘렸다.

내게 미운 사람이 있다면 그를 더욱 사랑해주는 것이 아름다운 복수다. 물론 그것이 너무 어렵고 힘겹고 선뜻 마음에 내키지 않는 일이기는 하다. 하지만 미운 사람이 내 마음에 많으면 많을수록 더욱 괴롭고 짜증나는 것은 바로 나 자신이다.

반면 내가 사랑하는 사람이 많으면 많을수록 내 마음은 언제나 기쁘다. 그러니 우리는 마음에서 미운 마음은 다 몰아내고 사랑하는 마음만 가져야 한다. 내가 누군가를 미워하듯이 그 누군가가 나를 미워하고 있지는 않은지 나 자신을 돌아보며 내 주위에 있는 이들의 사랑을 받는 삶을 살아야 한다. 마음에서 미움을 지우는 것은 상대를 위한 것이기도 하지만, 내 마음의 평안을 위한 것이기도 하다.

내게 아픔을 준 사람들을 위해 기도하라

일생 동안 우리는 우리의 기억을 다 비우고 갈 수는 없다. 기억한다는 것은 살아 있다는 반증이므로 좋은 것이다. 하지만 그렇게 기억되는 것들은 추한 것들, 슬픈 것들이 더 많다. 그래서 우리는 차라리 모든 것을 잊고 새로운 출발을 원하기도 한다.

하지만 기억하지 못한다는 것처럼 불행한 일도 없다. 기억이 우리 인류를 이만큼 진보하게 했고, 기억이 우리를 아름다운 추억에 잠기게 하여 빙그레 미소 짓게 한다.

한 해 동안 우리에게 주어진 365페이지의 빈 노트를 꺼내어 고리대금을 셈하듯이, 아니면 시험을 앞둔 수험생처럼 하나하나 마음의 정리를 하며 용서도 할 줄 알고, 반성도 할 줄 알고, 지울 줄도 알아야 한다. 그렇게 함으로써 우리의 인생 장부를 질서 있게 정리해야 한다.

한 청년이 있었다. 그의 아버지는 살아생전에 노트에 무언가를 적곤 했다. 그리고 그것을 보물처럼 여겼다. 그런데 한 가지 이상한 점이 있었다. 다른 일에 대해서는 단 하나의 비밀도 없었지만, 오직 그 노트에 대해서만큼은 철저히 함구했다. 청년은 아버지가 돌아가시던 날에야 비로소 그 노트를 펼쳐볼 수 있었다.

그 노트에 적힌 것은 가족들의 이름과 친구들의 아픔, 그리고 낯선 사람들의 이름이었다. 뭔가 대단한 것을 기대했던 청년은 적잖이 실망했다. 바로 그때였다.

"너, 아버지의 노트를 보고 있구나."

어느새 어머니가 다가와 다정한 목소리로 말했다.

"어머니, 이 노트를 아세요?"

어머니가 아들 손에서 그 노트를 받아 들고 한 장 한 장 넘기면서 잠시 추억에 잠기며 말했다.

"이건 너희 아버지의 기도 노트란다. 아버지는 매일 밤 한 사람씩 이름을 불러가며 조용히 감사의 기도를 올리곤 하셨지."

"아."

청년이 고개를 끄덕이다가 다시 낯선 이름들에 대해 물었다.

"이 사람들은 누군데요?"

"아버지에게 마음의 상처를 준 사람들이란다."

"네?"

"아버지는 매일 그들을 용서하는 기도를 올리신 거지……."

우리는 용서한다고 말하면서 진정한 용서는 잘 하지 못한다. 용서라는 것은 말로만, 결심으로만 되는 것이 아니다. 용서는 우리의 기억 속에서 그 사실을 완전히 지우는 일이다. 우리에게 미워할 일, 용서할 일이 있다면 고리대금업자가 그 채무자의 이름을 완전히 지우듯이 그 이름을 불러가며 마음으로 용서를 선언해야 한다.

좋은 일은 기억하면 할수록 좋은 일이므로 기억에 남길수록 좋다. 하지만 그 좋은 일들은 가끔 우리에게서 멀리 빠져 나가버린다. 그리고 오히려 슬픈 일들이 우리에게는 더 많이 기억된다. 그 좋은 일들, 기억에 남겨 이로울 일들이라면 수험생이 밑줄을 긋듯이 다시 마음에 새겨넣자. 그리고 그 일들을 두고두고 기억할 수 있도록 해보자.

조금만 마음의 여백을 남겨놓고 내 인생의 장부를 잘 정리해두면 다음에 다시 그해의 기록을 들추어내기가 참 쉬울 텐데, 우리는 너무 여유 없이 숨차게 달려가면서 자신의 삶을 정리하지 못한다.

당신에게 죄를 지은 사람이 있거든 그가 누구이든 그것을 잊어버리고 용서하라.
그때 당신은 용서한다는 것의 행복감을 알게 될 것이다.

– 톨스토이 –

남을 제대로 돕는 지혜

사람이 사람을 사랑하거나 아껴주는 방식도 여러 가지다. 진정 돕고 싶은 마음이 있어서 마음을 써주지만 때로는 그것이 오히려 상대방에게 부담이 되거나 해가 될 수도 있다. 그래서 상대에 대한 배려라 해도 한 번 더 생각해볼 필요가 있다.

효도를 하려다가 잘못 효도하면 부모를 욕되게 할 수도 있으며, 자칫 때로는 부모의 노여움을 살 수도 있다. 이처럼 사람 살아가는 일, 사람과의 관계를 맺고 유지하는 일은 그리 단순치 않다.

독일의 명재상으로 수상을 지낸 비스마르크(Otto Eduard Leopold von Bismarck)는 어느 날 친구와 함께 사냥을 나갔다. 그런데 친구가 그만 발을 헛디뎌 수렁에 빠지고 말았다. 그러자 수렁에 빠진 친구는 비스마르크에게 살려달라고 외치기 시작했다.

그런데 무정한 비스마르크는 수렁에 빠진 친구를 향해 사냥총을 겨누고는 이렇게 말했다.

"친구, 내 우정을 잊지 말게."

친구는 극한 상황에 처하자 안간힘을 쓰며 수렁에서 기어 나오려고 했다. 친구가 수렁에서 거의 빠져 나오자, 그제야 비스마르크는 친구에게 손을 내밀며 이렇게 말했다.

"나는 네 머리에 총을 겨눈 게 아니라 포기하려는 네 마음에 총을 겨눈 거야."

사람을 배려하는 데도 생각과 지혜가 필요하다. 우리는 모두 누군가에게 길들여지고 또 누군가를 길들이는 존재다. 그 사람의 생각을 어떻게 바뀌게 해야 하는지도 일정 부분 우리에게 달려 있다. 또한 우리가 도움을 요청했을 때 상대가 도와주지 않으면 그에 대해 서운한 마음을 갖기도 하고, 때로는 배신감을 느끼기도 하며, 마음의 칼을 갈기도 한다.

하지만 누구에게 도움을 요청했을 때 도움을 받지 못하더라도 상대를 원망하거나 상대에게 실망해서는 안 된다. 내가 원하는 도움의 방식과 그가 도우려는 방식이 다를 수도 있고, 나름의 다른 사정이 있을 수도 있기 때문이다.

세상 모든 일은 나 스스로 책임을 져야 한다. 주위에 도움을 받을 사람이 있다는 것은 우리 삶에 주어지는 보너스와 같은 행운 또는 축복일 뿐이다.

누군가의 도움이 간절히 필요할 때, 또 내가 누군가를 도와줄 때 한 번 더 생각하여 상대의 입장을 이해할 수 있어야 한다.

남의 장점 찾아보기

살아가면서 우리는 많은 사람을 만나고, 많은 이야기를 나눈다. 때로는 이야기를 나눈다기보다는 오히려 일방적으로 내 얘기만 하는 수다쟁이도 있다. 때로는 남의 이야기만 내내 듣다가 아무 말 없이 자리에서 일어나는 사람도 있다. 그럼에도 우리는 만나야 한다.

그렇게 의사소통을 가능하게 하는 말들은 서로를 멀리하게 하기도 하지만, 잘하면 아주 가까운 사이로 만들어주기도 한다. 말로 서로가 원수가 되기도 하고, 말로 하루아침에 스타가 되기도 한다. 하지만 말은 자신에게 해를 줄 수도 있고 다른 사람에게 해를 줄 수도 있으니 제대로 해야 한다.

남의 장점은 보지 못하고 남의 단점만 볼 줄 아는 사람이 있었다.

그는 늘 자신의 단점은 보지 못하고 자신의 장점만 떠벌렸다. 그리고 남의 말을 여기저기 옮기는 그런 사람이었다.

처음에는 그의 진실을 모르고 그에게 호감을 가졌던 사람들이 하나둘 그의 그런 가벼운 언행에 실망하기 시작했다. 사람들이 그를 멀리하면서 그는 그 마을에서 외톨이가 되고 말았다.

이제 매일매일을 혼자서 보내야 했다. 그는 외로움을 느끼기 시작했고, 언제부턴가 거울 앞에 앉아 거울에 비친 자신에게 혼잣말을 건네곤 했다.

어느 날 아침, 일어나 부스스한 모습으로 거울 앞에 앉았는데, 거울에 비친 그의 어깨에 두 개의 큰 가방이 앞뒤로 매달려 있었다. 앞쪽으로 늘어진 가방을 열어보니 그 가방 안에는 자신의 장점과 남의 단점이 가득 들어 있었다. 뒤쪽으로 늘어진 가방을 열어보니 그 안에는 자신의 단점과 남의 장점이 가득 들어 있었다.

우리는 대부분 자신의 장점은 잘도 알아차리고 자랑한다. 반면 남의 장점은 몰라보고 단점은 잘도 알아본다. 우리 앞에 메어진 가방에는 내 장점과 남의 단점만 있기 때문이다.

우리는 자신의 단점은 잘 인정하지 않으려 하고, 남의 장점 또한 인정하지 않으려 한다. 우리 뒤에 메어진 마음의 가방에는 내 단점과 남의 장점이 들어 있기 때문이다.

때로는 내 뒤에 감춰져서 보이지 않는 내 단점도 찾아내야 한다. 때로는 내 뒤로 감추고 싶은 남의 장점도 찾아내야 한다. 사람은 누구나 박수를 받거나 칭찬 듣기를 좋아하는 습성이 있다. 서로가 좋은 관계를 유지하기 위해서는 말의 지혜가 필요하다. 입으로는 돈 하나 안 들이고도 얼마든지 상대를 즐겁게 해줄 수 있다. 그러니 여럿이 모여 있을 때는 남의 단점을 말하지 않아야 한다.

단 둘이 있을 때 상대의 단점을 말해주는 게 지혜로운 일이다. 적당히 상대의 자존심도 세워주고 진심으로 그를 위해 조언해주는 것, 그렇게 상대를 빛나게 해줄 때, 나 자신도 함께 빛날 수 있다. 서로 좋게 삶의 사다리로 올라갈 수 있는 지혜로운 말이 우리에겐 필요하다. 자, 여럿이 있을 땐 남의 장점을 칭찬하자. 그리고 둘이 있을 때 분위기를 보아 상대의 단점을 충고해주자. 그 진심어린 마음이 사람과의 관계를 아름답고 굳건하게 맺어준다.

누군가에게 따뜻한 격려 해주기

이 세상은 어떤 경우든 사람이 살게끔 되어 있다. 이 땅은 인류를 위해 창조된 대지이며 우주이기 때문이다. 따라서 어떤 상황에서건 우리는 희망을 가지고 살아야 한다.

꿈을 가지고 있는 한, 희망을 노래하는 한, 우리의 삶 구석구석에는 행복이란 보물들이 숨겨져 있다. 단지 우리가 찾지 못할 뿐이다. 이제 그 꿈과 희망의 보물들을 찾아나서야 한다.

어느 작은 회사에 다니는 평범한 회사원이 있었다. 그는 늘 많지 않은 월급을 받아 아내에게 주는 게 미안한 생각이 들었다. 어느 날, 그는 적은 월급에 대해 사장에게 항의하기로 마음 먹고 아내에게 그 사실을 알리고는 출근했다.

하지만 회사 일이 어찌나 바쁜지 그는 그런 말은 꺼내지도 못한 채 힘없이 터벅터벅 집으로 돌아왔다. 집에 돌아온 그는 아내의 서랍 속에서 두 장의 카드를 발견했다.

한 카드에는 "여보, 월급 인상 받은 것 축하해요"라고 적혀 있었다. 그리고 다른 카드에는 "월급 인상은 안 됐지만 난 당신의 능력을 믿어요"라고 정성스럽게 적혀 있었다.

그 카드를 몰래 읽은 그는 아내의 그 따뜻한 배려에 감동했고, 아내의 어려움과 즐거움에 대처하는 지혜에 믿음이 더해졌다. 그 후 그는 더 열심히 일해 그 회사에서 가장 유능한 사원이 되었다.

누군가에게 신뢰를 받고 인정을 받는 것처럼 즐겁고 힘 솟는 일은 아마 없을 것이다. 사람은 누군가로부터 받는 신뢰와 인정을 에너지 삼아 살아간다. 가장 가까운 사람에게 인정받는 일, 가장 가까운 사람에게 신뢰받는 일만큼 신나게 일하게 만드는 것은 없다.

장점은 물론 단점까지 아는 가까운 사이라면 그 단점을 감싸 안으며 인정해주는 배려가 더더욱 필요하다. 함께하는 가족일수록 믿어주고 격려해주어야 한다. 함께 일하는 동료일수록 서로 깎아 내리기보다는 인정해주어야 한다.

내가 인정받고 싶어 하는 만큼, 내가 신뢰받고 싶어 하는 만큼, 내가 먼저 인정해주고 믿어주는 그런 버팀목 같은 사람이 되어야 한다.

85

꼭 필요한 말만 하라

사람은 누구나 말을 하고 싶어 하는 본능을 가지고 있다. 그래서 말을 하지 않고는 세상을 살 수 없다. 하지만 사람들이 모인 곳에 가보면 어떤 사람은 필요 이상으로 많은 말을 하고, 어떤 사람은 침묵한 채 빙그레 웃기만 하고 전혀 말을 하지 않는 경우를 보게 된다.

모임에서 어떤 모습을 보이든 그들은 모두 본능적으로 말을 하고 싶어 한다. 그러므로 말을 하는 데에도 배려와 이해, 양보가 필요하다. 외국 격언 중에 "멋지게 침묵을 지키는 일은 멋진 말을 하기보다 어렵다"는 말이 있다.

옛날 그리스에 많은 부인을 거느린 왕이 있었다. 왕의 부인들은 한결같이 모두 자기만이 왕을 사랑한다고 말했다. 어느 날 왕은 부인들을 모아놓고는 이렇게 말했다.

"그대들이 나를 사랑한다고 하니, 내가 그대들에게 원하는 것을 주리라. 왕권만 빼고 무엇이든 한 가지씩만 말하라."

그러자 부인들은 귀한 보석 등 각기 원하는 것을 말했다. 왕은 부인들이 원하는 것을 모두 적도록 신하에게 명했다. 하지만 평소에 인품이 좋기로 알려진 한 부인은 잠자코 있었다. 왕은 그 부인을 향해 "왜 그대는 잠자코 있는가? 원하는 걸 말하라"고 말했다.

그러자 그 침묵을 지키던 부인은 이렇게 대답했다.

"제가 원하는 것은 전하입니다. 저는 전하만 계시면 족하옵니다."

쉼 없는 말은 생각이 끼어들 겨를이 없어 우리를 실수하게 만들기도 한다. 하지만 침묵은 나를 돌아볼 수 있는 시간과 상황, 그리고 헤아릴 시간을 갖게 한다. 때로는 말이 적은 사람과 동행해보는 것도 삶에 도움이 될 것이다.

우리는 때때로 침묵하면서 내면의 소리를 듣는다. 그 침묵으로 인해 우리는 미래를 꿈꿀 수 있으며 미래를 설계할 수도 있다. 투콜스키(Kurt Tucholsky)는 "세상에는 다양한 종류의 소음들이 있다. 그러나 고요는 오직 한 종류만 있을 뿐이다"라고 말했다.

"음악에서는 리듬이 중요한 만큼 쉼표도 중요한 요소다. 마찬가지로 우정을 나눌 때도 말을 통해 정보를 교환하는 과정을 잠시 멈추고 함께 침묵의 시간을 갖는 것도 의미가 있다"고 괴테(Johann Wolfgang von Goethe)는 말했다.

내가 하고 싶은 말이 아무리 많아도 상대가 들을 때 불편할 말이라면, 그냥 단순한 소음으로 들릴 뿐이라면 그 말은 헛말이다. 아무리 상대를 이롭게 하는 말이라도 상대가 받아들이지 않으면, 그 아무리 아름답고 훌륭한 말이어도 그것은 소음에 불과하다.

서로의 말이 오고 갈 수 있는 그런 진정한 대화가 필요한 때다. 내가 귀 기울여 듣고, 내가 진실하게 말하는 그런 대화가 필요하다. 그렇지 않다면 침묵하는 것이 오히려 낫다. 말 대신 빙그레 웃으며 침묵할 줄도 알아야 한다. 그럴듯한 거짓된, 위선된 말보다는 투박하지만 진솔한 행동으로 말하고 상대의 마음 담긴 소리에 귀 기울여야 한다.

86

존경하고 싶은 사람을 찾아보기

가을, 가을의 시작은 어디이며 어디가 끝인지 알 수 없다. 단지 기온이나 자연의 변화에서 가을이 옴을 느끼고, 그 끝을 헤아려본다.

나무들이 서서히 이파리들을 다 떨구고 바람에 떨고 서 있는 모습에서 가을이 떠나고 있음을 본다. 이런 가을날엔 문득문득 지난날의 사람들이 내 마음속에 떠오른다.

사람들과 더불어 얽혀 살면서 내 마음속에 그들을 저장한다. 그 모습들이 모두 아름다운 그림들이었으면 참 좋겠다. 사람들, 좋은 사람들과 함께할 수 있다는 건 참 행복한 일이다. 세상에 실재하는 많은 것들, 그 무엇보다도 좋은 사람들과 이야기를 나누고 함께할 수 있다는 건, 함께 삶을 나눌 수 있다는 건 참 행복한 일이다.

세상을 살면서 마음속에 두고두고 모시며 살아가야 할 사람, 진정으로 존경할 수 있는 그런 아름다운 사람을 알고 있다면, 그렇게 존경할 만한 사람이 단 한 사람이라도 있어서 그 사람을 마음속에 언제까지나 품고 살 수 있다면 참으로 행복할 것이다.

내가 살아 있는 동안, 진정으로 존경하고 싶은 사람을 만날 수만 있다면……

존경받는 사람의 말과 생활 습관은 우리 삶의 등대 역할을 한다. 그들의 말에 귀를 기울이고 그들의 생활 습관을 눈여겨보라. 그들을 가까이 하고 닮으려고 노력하면 어느새 나도 존경받는 사람이 되어 있을지도 모를 일이다.

데일 카네기가 말하는 타인으로부터 존경받는 10가지 법칙

1. 처음 만나는 사람의 이름을 잘 기억하라.
2. 타인을 편안하게 해주는 사람이 돼라.
3. 느긋하고 편안한 마음을 갖도록 노력하라.
4. 이기적이 되지 말라. 모든 것을 다 알고 있는 척하지 말라. 평범하고 겸손하라.
5. 자신의 성격 결함을 개조하라.
6. 타인에게 도움을 줄 수 있도록 하라.
7. 불평불만을 버리고 자신의 잘못을 솔직히 인정하라.
8. 모든 사람을 진심으로 사랑하라.
9. 성공한 사람은 축하해주고, 슬퍼하거나 실의에 빠진 사람은 위로해줘라.
10. 당신과 함께하면 사소한 것일지라도 무언가 얻을 수 있다는 생각을 갖게 하라.

누군가에게 따뜻한 위로의 말 해주기

사람은 누구나 남보다 나은 생활을 하고 싶어 하고, 남보다 성공적인 삶을 살고 싶어 한다. 그래서 사람은 언제나 지금 가진 것보다 더 많은 것을 갖고 싶어 하고, 지금 있는 자리보다 더 나은 자리를 차지하고 싶어 한다.

그런 욕심들, 그런 꿈들이 때로는 사람을 고독하게 하고, 때로는 힘들게 하고, 때로는 누군가에게 마음의 상처를 주기도 하고, 때로는 누군가에게 본의 아니게 혹은 고의로 피해를 주기도 한다. 하지만 그 작은 욕심들은 살아 있다는 반증이기도 하다.

그 욕심이 남에게 피해를 주지 않는 욕심이라면, 지나치게 급하게 가지려는 욕심만 아니라면, 적당한 욕심이나 욕구는 활기차게 살아갈 수 있는 원동력이 되기도 한다.

힘들어하는 사람에게 진심이 담긴 따뜻한 위로의 말 한마디는 큰 힘이 된다. 삶에 지치고 절망에 빠져서 꿈을 잃고 삶의 의욕을 잃은 이들에게 진정한 사랑의 손길로 지친 어깨를 토닥여줄 수 있다면, 그 토닥임은 그 사람에게 평생 좋은 기억으로 남을 것이다.

지금은 힘들어도 마음속에 잘할 수 있다는, 잘살 수 있다는 그 꿈 하나 간직하고 살아가는 여유, 그것이 꼭 필요하다. 만약 누군가 그런 여유 없이 힘들어한다면 나의 따뜻한 위로의 말 한마디가 그에게는 큰 힘이 될지도 모른다. 더불어 산다는 것은 이런 작은 행동에서부터 시작된다.

88

열린 마음으로 상대방을 대하라

『마지막 잎새』로 우리에게 널리 알려진 오 헨리(O. Henry)의 작품 중에 이런 내용이 있다.

어떤 집에 권총을 든 강도가 들어왔다. 그 강도가 주인을 향해 권총을 겨누며 이렇게 외쳤다.

"꼼짝 말고, 손들어!"

주인은 겁을 먹고 손을 번쩍 들었는데, 왼손을 드는 것이었다. 강도는 "왜 오른손은 들지 않는 거냐?"라고 버럭 소리를 질렀다.

그러자 주인은 아주 괴로운 표정을 지으며 이렇게 대답했다.

"실은 신경통 때문에 도저히 오른팔을 들을 수가 없단 말이오."

"아니 뭐라고, 신경통 때문이라고? 나도 신경통 때문에 고생하고 있는데……."

그때부터 두 사람은 신경통 증세와 치료법에 대한 이야기를 나눈다. 강도는 왜 거기에 침입했는지도 잊은 채 신나게 신경통에 좋다는 치료법을 이야기하기 시작한다. 그는 이제껏 여기저기서 들었던 이야기를 총동원한다. 동병상련, 때로는 그 감정이 사람을 진득하게 이어 주는 역할을 한다.

외로움을 타기 마련인 인간의 본능은 대화를 원한다. 하지만 현대 사회에서 사람들은 그 대화의 본질조차 잊고 살아가고 있다. 나에게 맞는 대화 상대를 만난다는 건 그래서 행복한 일이다.

내가 속한 가정은 당연히 공통의 관심사가 있을 수밖에 없다. 하지만 가정을 떠나 사회에 나가 보면 자신이 속한 일터를 제외한 다른 곳에서 공통적인 관심사를 가진 이들을 만나기란 쉽지 않다. 그래서 우리는 많은 분야에 관심을 가질 필요가 있다. 내가 만나는 이들이 누구이든 간에 배움의 기회로 삼아야 한다.

나의 틀을 벗어나서 좋은 대화 상대를 많이 만들어야 한다. 또한 내가 내 마음을 열어 세계를 받아들이는 열린 마음으로 세계를 여는 아주 작은 창이 되어야 한다. 내가 열면 세상이 내게로 오고, 내가 닫으면 세상이 내게서 멀어진다. 넓은 세상을 만들어가는 넉넉한 마음이 있을 때 좋은 대화 상대를 찾을 수 있다.

여유 있는 식사 시간을 가져보라

바쁜 현대 사회에서 가족 혹은 동료끼리 대화를 나눌 수 있는 시간은
점점 줄어들고 있다. 그나마 얼굴을 맞댈 수 있는 시간은 식사 시간밖
에는 없다. 식사 중에 말을 하지 않는 것이 예의라는 생각은 잠시 뒤
로 밀어두고 식사 시간에 서로의 관심사를 화제로 이야기를 나눠보는
여유를 가져보는 것은 어떨까. 식사 시간에 가족끼리 서로 관심을 갖
고 짧게라도 대화를 나누는 가정과 그렇지 못한 가정은 큰 차이가 있
다. 식사 시간은 육체적·정신적 건강을 위한 짧지만 소중한 시간이다.
음식의 맛을 음미하며 소중한 사람들과 즐겁게 대화를 나누며 음식을
먹는 식사 시간은 우리의 삶을 충만하게 해준다. 대충 급하게 때우는
식사는 제대로 된 식사라고 할 수 없다.

　"식사를 잘 하지 못하면 생각을 잘 할 수도 없고, 잠을 잘 잘 수도

없다"고 울프라가 말했듯이, 늘 먹는 일이지만 식사 방법에 약간의 변화를 주면 그것도 생산적인 일이 될 수 있다.

"좋은 음식을 보고 기뻐하는 얼굴은 이미 절반은 식사를 한 것이다"라는 서양 속담도 있듯이 식사를 그냥 배를 불리는 일, 한 끼 적당히 때우는 일, 최소한의 생존 본능을 충족하기 위한 것으로만 생각하지 말고 사람들과 함께 맛을 음미하며 영양적으로 균형 잡힌 음식을 감사한 마음으로 천천히 즐겨보자.

글자 한 자 한 자 잘 들여다보아야만 내 지식이 되어 시험을 잘 치를 수 있듯이, 내게 주어진 식사 시간을 서두르지 않고 의미 부여를 하며 천천히 식사를 즐겨보는 것은 어떨까.

급한 마음에 음식을 습관대로 단숨에 먹어치우는 것이 아니라, 느긋하게 가족이나 동료들과 대화를 나누면서 음식을 천천히 음미하며 즐겨보라.

"즐기는 것에는 시간이 필요하다. 자신의 시간을 반드시 갖자. 자신에게 시간을 좀 주면 식사 시간, 자유 시간이 다시 제 역할을 하게 된다"고 크뤼거는 말했다.

시간의 주인은 나 자신인데, 우리는 시간의 노예가 되어 이리저리 뛰어다니며 스트레스를 받아 마음과 몸에 병을 키운다. 즐기는 일에도 시간이 필요하듯이 사소한 일상생활 하나에도 여유를 가져야 한다. 그 여유를 먼저 식사 시간에서 찾아보는 것은 어떨까.

어머니, 누구보다 강하고 위대한 존재

어머니는 분명 신체 구조적으로 나보다 연약한 여자임에 틀림없지만, 아무리 나이가 들어 어른이 되어도 삶에 지쳐 힘겨울 때 갑자기 보고 싶어지는 분, 슬플 때 위로가 되는 분, 몸은 노쇠해도 마음 기댈 수 있는 분이시다. 그래서 때때로 어머니의 넉넉한 가슴이 그립다.

나보다 체구도 훨씬 작고, 나보다 강해 보이는 것이라곤 없는데도 삶에 부대끼는 날에는 왠지 어머니가 더 커 보이고, 왠지 마음의 위안이 될 것만 같아서 슬며시 "어머니" 하고 불러본다. "여자는 약하지만 어머니는 강하다"는 말대로 어머니는 위대하다.

참으로 나약한 존재로 세상에 나와서 나이 들어 어른이 되고 결혼하여 아이의 엄마가 된 여자는 더 이상 여자가 아니다. 엄마라는 이름의 여자는 누구보다 강하고 누구보다 위대하다.

몰래 숨어 울거나 아파할지는 몰라도, 엄마라는 여자는 슬픔, 아픔, 고통 등 안 좋은 일은 모두 혼자 가지려고 한다.

"슬픔은 나누면 반이 되고, 기쁨은 나누면 배가 된다"는 그 흔한 말을 모를 리 없을 텐데도 엄마라는 여자는 슬픔을 혼자만 가지려고 하고, 기쁨이란 기쁨은 모두 자식들에게만 나눠줄 줄만 아는 바보다.

아무리 당신을 희생해도 티 하나 내지 않고 불평하지 않는 엄마는 참 바보다. 그런 당신의 희생이 있어서 가정이 바로 서고 자식들이 제대로 선다.

나 잘난 것만 알았지, 나 짜증나는 것만 알았지, 우리는 그 좋은 엄마를 때로는 무시하고, 말대꾸로 늘 착한 엄마를 몰래 울게 만들며 살아간다. 그리고는 내가 엄마가 되어서야 저절로 엄마의 소명을 알아간다.

저기 철없이 뛰노는 말 안 듣는 작은 여자 아이들도 나중에는 연약한 여자의 옷을 벗고 강하고 참 좋은 엄마로 굳게 설 날이 올 것이다. 오늘은 엄마의 숨은 봉사를 기억하는 시간을 가져보자.

91

세상의 아버지들에 대해 생각해보기

가끔은 누군가의 어깨에 기대어 쉬고 싶은 때가 있다. 하루라는 시간, 아침에 출근하면 그 시간만큼은 회사를 위해 써야 하는 시간이다. 그렇기 때문에 그 시간에는 개인적인 일은 잊고 산다. 그래서 회사에 출근해서는 무심하리만큼 집에 전화한 적은 1주일에 많아야 한두 번 정도이고, 주어진 일에 몰두하려 애쓴다. 그것을 일에 대한 내 철학으로 삼고 살았다.

집에 오면, 잠의 유혹을 물리치며 컴퓨터 자판을 두드렸다. 아마도 나의 아이들은 '아빠는 잠이 없어서 늦게 잔다'고 생각했을 것이다. 그리고 이른 새벽 알람소리에 맞춰 졸린 눈을 비비며 사정없이 내 뒤를 잡아당기는 잠자리의 유혹을 뿌리치고 일어나면 아마도 나의 아이들은 '아빠는 부지런해서'라고 생각했을 것이다.

이렇게 세상의 아버지들은 누구보다 늦게 잠을 자고, 누구보다 일찍 잠자리에서 일어난다. 그렇게 평생을 살아도 그 아버지의 고마움을 아이들은 잘 모른다. 그렇게 바지런을 떨지만, 그것이 일상이 되면 가족 어느 누구도 그런 아버지의 깊은 뜻을 모를 것이다.

익숙한 것은 그래서 편안하지만 사람의 감정마저 무디게 만든다. 아버지는 쉬기 위해 쉼터인 가정으로 돌아온다. 하지만 아버지에게 가정은 쉼터이자 일터이기도 하다. 그래서 아버지라는 직업은 세상 그 어떤 직업보다도 고독한 직업이다.

농사철에 누구보다 일찍 일어나 나의 방 앞에서 헛기침을 하시면서 내가 일어나기를 바라셨던 아버지. 그 마음을 알면서도 잠이 고파 못 들은 척 이불을 뒤집어썼던 어린 나. 이제 아버지가 되어 이렇게 잠을 참으며 나의 아버지를 이해한다.

세상 모든 아버지들이 기대어 쉴 수 있는 어깨를 빌려주는 그런 마음의 쉼터 같은 가정이 되었으면 좋겠다. 아버지의 마음을 헤아려 따뜻한 말 한마디 건네주는 그런 가족이 많으면 좋겠다.

패밀리(family)라는 말은 원래 father(아버지)의 fa와 mother(어머니)의 m, 나를 뜻하는 I와 love(사랑)의 l, 그리고 'you'의 y가 합쳐진 말이다. 즉 "아버지, 어머니, 나는 당신을 사랑합니다"의 합성어라고 한다.

패밀리(family)라는 말의 뜻대로 사랑이 넘치는 가정이었으면 좋겠다. 세상 아버지들의 잠은 짧지만 그 잠은 사랑으로 달았으면 좋겠다.

92

부모님의 심정 헤아리기

우리는 많은 것들을 잊어버리며 살아간다. 무슨 일이든 처음 시작할 때의 그 마음을 잊고 산다. 그것이 제일 무섭다. 대부분의 일을 할 때 처음엔 열정과 희망을 가지고 시작한다. 하지만 그 일이 생각대로 진행되지 않으면서 이내 그 열정과 희망은 물을 공급받지 못한 꽃처럼 시든다. 설사 하는 일이 순조롭게 잘 되어도 거기에 심취하여 처음의 마음(초심)을 잃기도 한다.

세상에 두 분뿐인 나의 부모님께 잘 해야지 하는 마음은 있어도, 살다 보면 바쁘다는 이유로 그 생각을 잊어버리고 살아간다. 그만큼 마음의 여유가 없는 것 같다. 우리 마음의 용량이 그 정도라면 뭔가를 비울 줄도 알아야 할 것 같다.

실상 우리는 부모님을 잊고 살아도, 부모님의 머릿속엔 언제나 자식 생각이 떠나질 않는다.

내가 아프거나 힘들 때면 그 아픔, 그 힘듦을 대신 할 수 없어서 그냥 촉촉이 젖어드는 눈으로 지켜보는 부모님. 부모님은 내가 당신을 향해 모질게 마음을 닫아도 항상 마음의 문을 열어놓는다. 때론 모질게 나를 꾸짖어도 그건 모진 척하는 것일 뿐 속으로는 자식 잘되기만을 빌고 또 비신다. 내가 당신을 떠나도 결코 당신은 나를 떠나지 않으며 돌아오기만을 기다린다.

내가 당신을 힘들게 하고 당신에게 지울 수 없을 멍을 남겨주어도 끝내 말로는 나를 버릴지라도 마음으로는 더 깊이 당신 가슴에 안는다. 자식의 일을 대신 할 수 없기에 그냥 사랑이 담긴 따뜻한 눈으로 지켜보아야만 하는 운명을 가진 숭고한 존재, 당신은 나의 아버지요 어머니다.

내가 부모에게 잘 해야만 나의 아이들에게 당당해질 수 있을 것이므로, 그렇게 아이들에게 부끄럼 없는 본을 보일 수 있도록 노력해야 한다. 부모라는 숭고한 이름을 가진 존재는 누구나 그 이름만으로도 존경받아야만 한다.

가족의 의미를 생각해보기

'가족'이란 우리가 아무리 부정하려 해도 부정할 수 없는 보이지 않는 아주 질긴 끈으로 묶인 숙명적인 만남들의 집합체다. 내가 싫든 좋든 그것을 부정하거나 그 질긴 끈을 끊을 수는 없다.

이런 공동 운명체의 가장 작은 단위인 가정, 악인이든 선인이든 그 구성원인 가족이란 이름 앞에서는 아무리 부정하려 해도 마음이 무너지고 약해지는 것이 인지상정(人之常情)이다. 그런 반면 가족이라는 관계는 지긋지긋하고 버겁지만 끊을 수 없는 관계로 전락할 수도 있다. 차라리 인연을 끊고 사는 것이 속 편할 테지만, 신은 가혹하게도 가족을 끊어지지 않는 숙명의 밧줄로 묶어두었다.

가족 간에 오가는 뼈아픈 말과 모진 행동은 겉으로만 그렇게 보일

우리는 가족이란 단어만 떠올려도
아버지라는 그 큰 이름 앞에서,
어머니라는 다정한 이름 앞에서는 숙연해짐을 느낀다.
가족은 나를 비추는 거울이며, 가족의 모습은 나의 내면의 모습이다.

뿐 아주 지독한 사랑의 다른 표현인 경우가 많다. 그래서 가족에게 내리꽂는 비수는 자신의 가슴에 깊은 상처를 남긴다.

내 주위에 항상 함께 있는 가족, 너무 가까워서 소홀히 대했던 우리 가족, 그 질긴 끈을 끊을 수 없다. 내가 가족을 버려도, 그래서 멀리 떨어져 있어도 가족이란 잘되면 나의 자랑이며, 안되면 나의 수치이기 때문이다.

때로 삶이 버겁게 느껴질 때, 왠지 누군가에게 기대고 싶을 때, 떠오르는 모습들……

언덕 위에 하얀 예배당,

코스모스 피어 있는 신작로,

마을 어르신들의 검게 그은

믿음직스럽고 정겨운 주름살

그 넉넉한 마음의 고향이 우리를 따스하게 한다.

마을 어귀에서 이미 우리를 기다리시던 자애로운 미소를 띤 어머니의 얼굴,

하시던 일 멈추고 땟물 뚝뚝 흘리시며 반겨 맞아주시던,

든든하게 기댈 곳이 되어주시던 아버지의 모습,

어쩌면 이제는 볼 수 없는 모습이어도 우리의 가슴을 저미게 하는 모습들이다. 그 생각을 하는 것만으로도 가끔은 삶의 버거움을 잊게 된다.

그래서 우리는 가족이란 단어만 떠올려도 아버지라는 그 큰 이름

앞에서, 어머니라는 다정한 이름 앞에서는 숙연해짐을 느낀다. 가족은 나를 비추는 거울이며, 가족의 모습은 나의 내면의 모습이다. 함께 있건, 떨어져 있건 질긴 끈으로 묶여 이미 나의 것인 그 소중한 가족을 돌아보는 시간을 가져보자.

CHAPTER 7
내 소중한 미래를 준비하는 시간

94

희망이라는 이름 불러보기

희망 없는 삶은 암담하고 하루하루가 너무나 힘겹다. 그런 삶을 살아보지 못한 사람은 그 마음을 짐작도 못 할 것이다. 희망이란 단어, 꿈이란 단어는 자신에게 전혀 어울리는 단어가 아니라는 생각으로 살아가는 이들에게는 사람이 밉고, 사회가 밉고, 모든 것이 미울 것이다.

초등학교만 졸업하고 학교 공부를 못한 채 공단 생활을 하면서 희망 없이 살았다. 매일매일 공장의 시계만 바라보며 하루가 빨리 지나가기를 바랐고, 월급 타는 날이 되기만을 눈이 빠져라 기다리며 살았다. 참 힘들었다. 일이 힘든 게 아니라 희망과 미래 없는 삶이 힘들었다. 힘들고 안 힘들고는 일의 문제가 아니라 내 마음의 문제였다.

희망을 갖고 일하는 사람에게는 일이 달콤한 취미 같겠지만, 희망없이 일하는 사람에게는 일이 견디기 어려운 고역이다.

세 그루의 나무가 있었다. 그중 한 그루는 장차 왕이 살게 될 아름다운 궁궐의 한 부분이 되고 싶은 소망을 가지고 있었다.

또 한 그루는 아주 소중한 보물을 잔뜩 싣고 지상의 모든 바다를 항해할 아주 크고 튼튼한 배의 일부분이 되고 싶어 했다.

마지막 한 그루는 늘 그 자리에 남아 아주 높이 자라서 사람들이 자신을 올려다볼 때마다 바라보이는 하늘을 통해 하나님을 생각하게 하고 싶었다.

얼마 후 세 그루의 나무는 모두 잘려지고 말았다. 그런데 첫 번째 나무는 말구유가 되어 헛간에 ㄴ버려졌다.

두 번째 나무는 어부의 고기잡이배를 만드는 데 쓰였다.

세 번째 나무는 두 토막이 난 채 제재소 뒷마당에 버려져 잊혀졌다.

그러던 어느 날, 하나님의 사랑이 말구유에 임해서 그곳에 아기 예수가 눕게 되는 행운이 찾아왔다. 그로부터 세월이 많이 흐른 어느 날 그 고기잡이배에는 예수님이 오르셨다.

그로부터 얼마 후 두 토막이 난 채 버려졌던 나무에는 예수님이 못 박히셨다. 그 나무는 십자가가 되어 사람들이 우러러보며 하나님의 사랑을 깨닫게 했다. 이렇게 해서 세 그루 나무의 소망은 모두 이루어졌다.

무언가 간절히 소망하면, 그 소망을 이루기 위해 아주 조금씩 요건을 갖추어가게 되는 법이다. 어떤 간절한 소망을 갖고 일을 하면 일이 한결 쉬워지고 그 소망을 이루기 위해 꾸준히 노력하게 된다. 간절히 원하고, 그 원하는 바를 이루기 위해 인내심을 가지고 꾸준히 노력하면 언젠가는 목적한 바를 이룰 수 있다.

95

좋은 습관 만들기

누구에게나 24시간이 날마다 주어진다. 그 시간은 오늘 다 쓰게 되어 있으며, 내일로 이월되지 않는다. 또 하루를 맞으면 아주 빳빳한 새 돈처럼 정말로 새로운 24시간이 내 인생 지갑에 여지없이 채워진다. 그 새로운 시간은 내가 어떻게 쓰든 나의 것이다.

반복되는 시간 속에서 나도 모르는 작은 변화들이 모여 나 자신이 많이 달라졌음을 느낀다. 젊었을 때는 열정의 힘으로 살았다. 그것은 내 삶의 큰 에너지원이었고 내 삶을 크게 바꾸어놓았다.

하지만 나이가 들어 중년이 된 지금은 열정의 힘으로 사는 것이 아니라 열정의 산물이었을 수도 있는 습관의 힘으로 살아간다. 습관은 작은 것들을 모아 크게 만드는 위대한 힘을 갖고 있다.

그래서 나는 사람들에게 "젊어서는 열정의 힘으로 살고, 나이 들어서는 습관의 힘으로 살아간다"라고 말한다. 그나마 지금 내가 내 삶을 추스르며 그런대로 잘 살아갈 수 있는 것은 내 삶을 규칙적으로 만들 어주는 작은 습관 덕분이다. 나는 습관의 힘을 경험한 산 증인이다. 매 일 아침 글 한 편 쓰기 습관으로 30권 이상의 에세이를 썼다. 매주 한 번 이상의 등산으로 17년을 건강하게 살고 있다. 그리고 이를 통해 삶 에 대한 자신감도 얻었다. 이보다 더 큰 힘이 있을까. 이런 성실함이면 그 어떤 상황에서도 살아남을 자신이 있다.

젊음의 열정은 없을지라도 앞으로 남은 삶은 열정을 흉내 내며 살 아가기 위해 좋은 습관을 만들어가야 한다. 그래서 그 습관의 힘으로 보다 나은 삶을 살아가야 한다.

96

지금 이 순간에 집중하고 최선을 다하면 미래는 나의 것이다

우리가 원하든 원치 않든 시간은 자꾸 흘러간다. 우리가 그렇게 바쁘지 않아도, 서두르지 않아도 시간은 간다. 우리가 딛고 있는 이 땅이 뒤로 물러나야 나는 앞으로 갈 수 있다. 마찬가지로 내가 나이 들어가는 것이 아니라 시간이 나를 나이 들게 한다.

이런 삶에서 조금은 여유 있게 살 수는 없을까? 실상 우리에게 주어지는 일이 그토록 우리를 바쁘게 하는 건 아니다. 우리의 마음이 바쁠 뿐이지 일이 우리를 바쁘게 하는 것도 아니다.

실존주의 철학자들이 말하듯이 "과거는 이미 지나간 것이며, 우리 기억 속에만 존재하는 것이므로 나의 것이 아니다. 미래란 것도 우리에게 주어질란 보장이 없으니 또한 나의 것이 아니다." 그러므로 우리에게 중요한 것은 현재 이 순간이 가장 중요한 것이며, 과거에 무엇을 했느냐, 무엇을 할 것인가가 미래에 중요한 것이 아니라, 지금 무엇을 하느냐가 가장 중요하다.

그럼에도 불구하고 우리는 과거의 일을 애써 떠올리며 후회하는 일로, 그 지나가버린 일에 집착하는 일로 마음이 바쁠 뿐이다. 또한 우리는 미래를 염려하거나, 과장된 미래에 대한 허상으로 바쁘다.

단지 주어지는 순간순간 최선을 다하면 미래는 더 아름답게 나에게 행복을 선물한다. 지금 최선을 다하여 내가 성장하고 빛난다면, 나의 과거는 부끄러움을 지우고 빛나는 과거가 된다.

"우리는 현실이 언제나 고통을 주기 때문에 현재 이 순간을 직시하지 않으려 한다. 우리에게 이미 익숙한 현재 이 순간이 계속해서 우리로부터 달아나므로 한편으로는 한숨을 내쉬며 아쉬워한다. 우리는 다가올 미래에 좀 더 나은 삶을 살겠다는 계획을 세워서 현재의 부족함을 채워보려 한다. 그러나 미래는 결코 자의대로 할 수 없고, 우리가 실제로 미래를 살 수 있다는 보장도 없다. 그런데도 우리는 그 미래에 자기가 계획하고 희망한 대로 살아가리라고 믿는다. 요컨대 앞으로 잘살기를 바라면서 현실은 잘살지 못하고 있으며, 행복해지기 위해 준비만 할 뿐 결코 행복을 누리지 못한다"고 파스칼은 말했다.

지금 이 순간에 집중하고 최선을 다하면 영원이라는 시간은 나의 것이다. 과거라는 것도 현재라는 시간이 내 뒤로 물러난 것이며, 저기 아름답게 다가오는 미래라는 것도 지금의 최선으로 아름답게 다가와 나의 것이 된다. 지금 현재라는 순간이 나의 과거를 아름다운 추억으로 남게 하고, 나에게 체험이라는 교훈으로 남으며, 나를 더욱 빛나게 한다. 지금 현재라는 순간이 나의 미래를 아름답게 할 수도 있으며, 지금 현재라는 순간이 나의 미래를 추하고 불행하게 할 수도 있다. 지금 소중하게 주어진 이 순간에 최선을 다하는 일, 그것이 나의 소명이다.

내가 가진 것을 장점으로 만들라

"남의 손에 든 사과가 더 커 보인다"는 옛말도 있듯이 우리는 남의 것에 대한 욕심이나 관심이 많다. 남의 것에 대한 관심이 지대하다 보니 내가 가진 것은 곧잘 망각하거나, 내가 가진 것을 발견조차 하지 못하고 산다. 그러다 보니 질투심에 상대를 헐뜯거나 폄하하는 일이 많다.

신이 모든 동물을 창조하고 나서 그들을 흡족하게 바라보았다. 그때 새들이 신에게 불평을 해대기 시작했다.

"하나님! 왜 다른 짐승들에게는 무거운 짐을 주지 않았는데, 우리에게만 짐을 주어 이렇게 걷기도 힘들게 하신 겁니까?"

그러나 잠시 후 용기 있는 독수리가 먼저 어깨에 붙은 그 무거운 것을 움직여보았다. 그러자 그 무거운 짐으로 여겨졌던 것이 움직이더니 온몸이 가벼워지고 몸이 공중으로 붕 뜨는 것이었다. 그것은 무거운 짐이 아니라 하늘을 날 수 있는 날개였던 것이다.

우리도 남이 가진 것만을 부러워하기보다는 내가 가진 것이 무엇인지를 살펴보는 것이 무엇보다 중요하다. 그리고 내가 가진 것이 그 무엇이든 그것을 짐이나 장애, 단점으로 여기기보다는 그것을 이용할 줄 알아야 한다. 쓸모없다고 생각할 뿐이지 그게 정말 쓸모없을까? 생산적인 삶의 태도는 그 무엇이든 쓸모 있는 것으로 바꾸려는 발상의 전환을 하는 것이다.

원망이나 절망은 부족하거나 자신을 이기지 못하는 사람들의 몫이다. 내게 주어진 모든 것을 짐으로 여기기보다는 오히려 그 짐을 이용해 희망을 향한, 꿈을 향한 날개로 삼는 지혜를 가져야 한다.

책 속에서 멘토 만나기

세상에 태어나서 내 생각을 글로 써서 독자에게 전하는 일을 업(業)으로 할 수 있다는 것에 보람을 느낀다. 어디에서나 볼 수 있는 책, 하지만 우리는 책에 대한 고마움을 잊고 산다. 저자로서 여기에 책에 관한 예찬론을 써볼까 한다.

책은 그 어느 대중매체보다도 상상력을 기르는 데 도움을 준다. 시청각 매체들은 우리에게 생각을 하고 상상을 할 여유를 주지 않는다. 그러나 독서를 통해 우리는 그 내용을 머릿속에 떠올리며 그림을 그려가게 된다. 이러한 반복작용을 통해 우리의 상상력은 무한히 확대된다.

"사람이 책을 만들고 책이 사람을 만든다"라는 말이 있다. 이 말은 얼핏 보면 단순한 듯하지만, 새겨보면 중요한 의미를 담고 있음을 알 수 있다. 책을 쓰고 만드는 사람의 책임감과 그 책을 읽는 사람이 받게 되는 영향을 잘 보여주는 말이다.

훌륭한 저서는 절망에 빠진 사람으로 하여금 새로운 희망을 갖게 하여 훗날 위대한 인물이 되게 만들기도 한다. 우리보다 앞선 시대를 살았던 훌륭한 위인들의 전기를 봐도 그런 예는 얼마든지 찾아볼 수가 있다.

책은 또한 사람이 삶을 살아가면서 반드시 접하게 되는 매개물이다. 책은 지적 교육을 위한 도구이기도 하고, 한 인간의 가치관을 형성하게 하는 도구이기도 하다. 또한 취미활동으로 이용되는 도구이기도 하다. 이처럼 책은 여러 방면으로 우리의 삶에 영향을 미친다. 따라서 어떠한 책을 얼마나 많이 읽느냐에 따라 그 사람의 인생이 달라질 수도 있다. 책은 아주 훌륭한 삶의 스승인 셈이다.

정신이 없는 육체는 식물에 불과하다. 우리에게 가장 아름다운 것은 육체가 아니라 바로 정신이다. 책이야말로 이 정신을 올바르게 만드는 역할을 하는 매개물이다. 인간은 학습이 가능한 동물이다. 그러므로 이 학습에 영향을 주는 글을 쓰는 이들은 항시 책임감을 느껴야 한다. 예술이라는 이름으로 포장하기에 앞서 자신이 쓰는 글이 사회에 미치게 될 영향을 먼저 생각해야만 한다. 비단 글을 쓰는 사람뿐만 아니라 책을 다루는 모든 이들도 "사람이 책을 만들고 책이 사람을 만든다"는 말을 다시 한 번 새겨보아야 할 일이다.

책은 마음의 여유를 살려내는 구원자다

디지털이 나를 바쁘게 한다. 쉴 새 없이 틈을 노리며 들어오는 문자 메시지, 카톡, 메일, 온통 읽을거리와 볼거리를 제공한다. 스마트폰을 열면 '카톡카톡', '찌르릉' 별 소리로 나를 유혹한다. 그러니 잠시라도 마음의 여유를 느낄 겨를이 없다. 이럴 땐 디지털 기기를 잠시 꺼두고 아날로그 도구에 눈을 돌린다. 볼펜을 들고 메모지에 떠오르는 생각을 끄적이기, 책읽기, 이런 아날로그적 행위에서 나는 잠시나마 마음의 여유를 찾는다. 아날로그 도구 중 가장 좋은 도구는 단연 책이다.

'정보의 홍수 시대', '초고속 인터넷 시대'.

흔히 요즘 시대를 일컫는 말들이다. 정보를 아주 빨리, 그리고 많이 얻을 수 있는 시대라는 의미다. 정보가 넘쳐나고 있다. 정보를 얻는 시간은 아주 빠르다. 하지만 그 많은 정보가 나에게 모두 필요한 것은 아니다. 누구나 원하기만 하면 컴퓨터라는 바다에서 필요한 정보를 얼마든지 얻을 수 있다. 그런데 그 정보는 나만 가지는 것이 아니라 누구나 원하면 얻을 수 있다. 그러나 누구나 가진 정보라면 더 이상 정보로서의 가치는 없다.

이제는 후기 정보화 시대라고도 한다. 얼마나 빨리 정보를 남보다 먼저 갖느냐가 중요하지 않으며, 얼마나 많은 정보를 축적하느냐가 중요하지 않은 시대다. 이제는 누구나 공유하고 있는 수많은 정보를 어떻게 나만의 특수한 정보로 만들어내느냐가 경쟁력인 시대가 되었다.

전에 산에 대해 해박한 선배를 따라 등산을 한 적이 있다. 산에 오르면서 선배는 주변에 보이는 갖가지 식물에 대해 내게 설명해주었다. 약초의 이름과 용도, 꽃의 이름과 전설 등을 자세하게 알려주었다. 그의 설명을 들으면서 '아 진정한 정보는 구분, 또는 분류하는 것'이라는 생각을 했다. 나에게는 그저 초록 식물로 보이는 것들을 선배는 잘 구분할 줄 알았던 것이다.

우리가 가진 정보도 그냥 가지고만 있으면 진정한 정보라고 할 수 없다. 초록 식물 중에서 약초와 독초를 구분해내듯이 지금 가진 정보를 어떻게 분류하고 구분해서 나의 고유한 것으로 삼느냐가 중요하다.

정보를 정보답게 가공하는 힘, 그것은 독서를 통해 길러진다. 요컨대 텔레비전이나 영화와 같은 영상 미디어는 대부분 상상의 여지를 남겨주지 않는다. 그래서 생각할 여지가 없다. 하지만 독서는 영상이 아닌 심상이다. 우리는 독서를 하며 글씨만 눈으로 읽어 내려가는 것 같지만, 그와 동시에 우리 마음속에 그림을 그려간다. 마음속에 자기 나름대로 그림을 그려가는 것, 이를 심상(心象)이라고 할 수 있다. 이처럼 독서는 상상력을 극대화시킴으로써 창의력을 갖게 하는 힘을 가지고 있다.

영상 미디어와 컴퓨터에 익숙한 세대는 그 작은 화면 속에서 온갖 세계를 만난다. 인터넷을 통해 온 세계를 누비며 세계 각국의 사람들을 만나고, 좁은 화면 속에서 자신이 원하는 모든 것을 얻고 즐긴다. 자라는 아이들이 컴퓨터를 통해 받는 영향은 작지 않다. 많은 정보를 얻고 쉽게 간접 경험을 할 수는 있지만, 좁은 화면 속 세상을 접하는 시간이 길수록 실제로 몸으로 부딪쳐 느끼는 경험의 세계와 그로 인해 증폭되는 상상의 세계는 제한될 수밖에 없다. 그래서인지 젊은 세대일수록 시키는 일은 똑 부러지게 잘 하지만 창의적인 일에 약하거나 일을 능동적으로 발전시키지 못한다. 이런 문제를 개선하는 데는 상상의 세계를 펼칠 수 있는 독서가 좋은 해결책이다.

독서는 상상력을 불러일으키는 작용을 하여 우리의 사고를 넓혀주고 정서 함양에 도움을 준다. 우리가 직접 노동을 하여 얻은 결실이나 땀의 대가로 얻은 돈이나 물건이 우리에게 큰 기쁨을 주고 뿌듯한 보람을 안겨주듯이 독서는 많은 시간과 책을 읽는 수고로움이 요구되지만, 풍부한 지식과 마음의 위로, 즐거움, 풍요로운 삶의 지혜를 안겨주고 상상력을 길러준다.

책이란 각양각색의 사람들의 사고를 논리적으로 정리해놓은 것이므로 책을 많이 읽을수록 우리의 사고도 논리적으로 바뀐다. 최근 노인들의 치매를 예방하는 데 독서가 가장 좋은 방법이라는 연구 결과도 있다. 독서를 권하는 것은 그 사람의 밝고 건강한 미래를 열어주는 것이다.

책을 펼치자. 한결 바쁜 마음이 사라지고 여유를 찾게 될 것이다. 여유 없는 마음에 행복이 깃들 자리는 없다. 책이 마음의 여유를 가져다줄 것이다. 책은 마음의 여유를 살려내는 구원자다.

위선이나 가식 없는
미래의 당당한 나를 만들라

누군가를 가르치기 위해 앞에 선다는 건 숭고한 일이다. 나도 제법 많은 사람들 앞에서 강의를 했고, 지금도 하고 있다. 이렇게 누군가를 가르친다는 건 숭고하고 두려운 일이다. 별로 준비도 없이 대중 앞에 선다는 것은 결례다.

좋은 내용의 글을 쓴다는 건, 어쩌면 최대한의 가식으로 나를 포장하는 일일지 모른다. 또한 도덕적인 내용의 강의를 한다는 건, 최대한의 위선으로 나를 가장하는 일일지 모른다. 이렇게 누군가를 '가르치는 척'한다는 것은 늘 나를 괴롭게 한다.

외국어 학원에서 강의를 할 때는 그 내용에 의미 부여를 하기보다는 어떻게 하면 강의를 재미있게 학생들이 느끼게 할 수 있을까를 고민하며 공부보다는 유머 책을 뒤적이는 일로 강의 준비를 하곤 했다.

내가 무엇을 가르치든지 인간적 진실이 최우선되어야 함에도 말이다. 하지만 내가 나를 위선으로, 가식으로 위장해야만 내 권위가 살아나는 것으로 착각하며 그렇게 살아가고 있다. 그렇게 불일치되는 내 삶이 부끄럽다.

언젠가 마음을 텅 비울 수 있어서 그 어떤 명예도, 그 어떤 욕심도 다 버릴 수 있다면, 위선과 가식으로 포장하지 않은 당당한 내가 되지 않을까.

지난 일들이야 지울 수 없는 오점과 서글픈 흔적으로 남겠지만, 현재의 내가, 그리고 미래의 내가 거칠 것 없이 당당할 수 있도록 지금의 나를 잘 조각해나가야 한다. 미래의 나는 말과 글과 행동과 마음이 일치되는 삶을 살아야 한다.

나의 휴식법

여유라는 말은 경제적 여유, 시간적 여유, 마음의 여유를 말한다. 그런데 아무리 경제적 여유와 시간적 여유가 있어도, 마음의 여유가 없다면 진정한 여유를 얻지 못한다. 경제적 여유, 시간적 여유의 기준은 마음의 여유가 결정하는 것이기 때문이다. 마음의 여유를 얻으려면 자신의 정체성을 찾는 일이 중요하고, 여유를 얻을 최소한의 조건을 갖춰야 한다. 적당한 내려놓음을 통해 자신을 컨트롤할 수 있는 내공이 필요하다. 휴식이란 다름 아닌 마음의 여유를 찾으려는 활동이라고 할 수 있다.

나는 내 삶의 여유를 찾기 위해 매주 세 가지를 꼭 실천하고 있다. 여기에 그것을 소개하는 것은 독자 여러분과 공유하고 싶기 때문이다.

아침 글쓰기

나는 매일 아침 한 편의 글쓰기를 습관화하고 있다. 지금까지 3,200여 편을 썼다. 그것도 짧은 글이 아니라 수필 한 편으로 A4 용지 한 장 반 분량이다. 글쓰기를 통해 나를 돌아보고 내 생각을 정리하는 기회로 삼고 있다. 이 글을 다른 사람들과 공유하며 보람을 느끼기도 한다.

　글을 쓰면 좋은 이유

　1. 나 자신의 삶을 정리할 수 있다.

　2. 안에 쌓인 스트레스를 풀 수 있다.

　3. 내가 쓴 글을 다른 사람과 공유함으로써 보람을 얻는다.

　글쓰기는 자기 치유뿐 아니라 자기 발전, 자신감, 자존감을 얻을 수 있는 좋은 방법이다.

등산

매주 토요일이면 만사 제쳐놓고 아침 일찍 등산에 나선다. 등산은 주로 혼자 한다. 혼자 하는 등산은 많은 생각을 하게 한다. 닫힌 공간에서 생각하면 잡념이 생기기 쉽지만, 열린 공간에서 생각하면 사색으로 이어져 생각의 폭이 넓어진다. 등산하면서 하는 생각은 명상으로 이어져 나 자신과 자신의 무의식 세계를 들여다볼 수 있어 좋다.

　조금만 남보다 일찍 출발하면 호젓한 산행을 즐길 수 있다. 등산은 생각을 정리할 수 있게 해주고 자신의 삶을 돌아보게 한다. 등산이야말로 내가 나 자신과 대화를 나눌 수 있는 가장 좋은 방법이다. 또한 어느 정도의 고통을 참아냄으로써 인내심과 의지를 키워주며, 마음의 즐거움을 주고, 무슨 일을 하든 자신감을 갖게 한다.

등산은 육체 건강은 물론이고 정신 건강에도 도움이 되는 것으로 알려져 있다. 보통 사람의 경우 4시간 등산을 한다고 가정하면 1,500kcal가 소모된다. 짐을 지고 경사진 길을 걷기 때문에 천천히 등산한다고 해도 평지에서 조깅하는 것과 비슷한 운동 효과가 있다. 등산의 시간당 소모 열량은 600~1,080kcal로, 달리기(870kcal), 수영(360~500kcal)보다도 높은 것으로 알려져 있다. 마라톤을 완주했을 때 2,500kcal가 소모되는 것과 비교해보면 쉬우면서도 효과적인 운동이라는 것을 알 수 있다. 도로에서 걷는 것은 매연과 행인 등으로 인해 상쾌하지 않지만, 등산은 오래 걸어도 체력이 소진되지 않는 한 기분을 좋게 하고, 머리를 맑게 하여 정신 건강에도 아주 좋다.

등산을 통해 얻을 수 있는 효과

1. 심폐 기능이 향상된다. 꾸준히 하면 폐활량이 좋아져서 좋은 체력을 유지할 수 있다.

2. 근력이 강화되고 뼈 건강에도 좋다. 다리를 비롯한 신체 곳곳의 근육이 강화되고 골다공증을 예방할 수 있다.

3. 정신적 만족감을 준다. 스트레스 해소로 자신감 있는 삶을 유지할 수 있다.

4. 균형 감각을 유지할 수 있다. 등산을 자주 하면 잘 넘어지지 않는 균형 감각이 생긴다.

5. 자기 자신의 생각을 정리할 수 있다. 가끔 혼자 등산을 하면 산을 오르는 동안 자신의 생각을 정리할 수도 있고, 자신이 하고 있는 일과 관련하여 새로운 아이디어를 얻을 수도 있다.

등산을 처음 시작하는 사람은 너무 무리하지 말고 조금씩 운동량을 늘려가는 것이 좋다. 등산을 무리하게 하는 것보다는 등산을 즐기는 선배와 함께 가볍게 시작하는 것이 좋다. 보폭 유지, 페이스 유지, 장비, 옷 등에 대한 조언을 얻는 것이 안전하고 경제적이다. 등산 장비 중에서도 특히 신발의 선택이 중요하다. 특히 하산 시에 안전사고에 더 유의해야 하며, 내리막에서는 관절 보호를 위해 반보로 하산할 것을 권한다.

일요일 조기 축구

조기 축구는 승부욕보다는 사람들과 더불어 땀을 흘리면서 나도 충분히 체력이 강하다는 자부심을 갖게 하는 효과가 있다. 등산이나 마라톤이 지구력에 도움이 된다면, 축구는 순발력을 유지하는 데 도움이 된다.

반신욕

1주일에 한 번 목욕탕에 간다. 외부와 완전히 단절된 60분 동안 나는 반신욕을 한다. 무릎 인대를 다치면서 시작한 반신욕은 내 건강 비법 중의 하나다. 여기에 나의 멀티 반신욕법을 소개한다.

나는 반신욕을 하면서 다리를 앞뒤로 움직이면서 관절 운동을 한다. 20여 분이면 양쪽 다리 운동을 1,000회 정도 할 수 있다. 그동안 눈을 감고 명상에 잠기거나 기도하는 시간을 갖는다. 반신욕이 끝나면 냉탕에 들어가 파이프를 잡고 팔굽혀펴기 100회를 하고, 뒤로 돌아서서 허리 운동을 한다. 냉탕에서 나와서 10분간 땀을 빼는 방에 들어가 땀을 빼고, 물 폭포를 이용해 무릎, 발목 등을 마사지한다. 다시 열탕에 들어가 무릎까지 담그고 땀을 내다가 샤워를 하고 나옴으로써 60분간의 멀티 반신욕을 마무리한다. 이런 멀티 반신욕법은 몸과 마음을 개운하게 해주고, 나만의 시간을 갖게 하는 좋은 휴식 방법이다. 그리고 돌아와서 낮잠 한 잠 푹 자면 아주 개운하다. 이렇게 나는 멀티 반식욕으로 상쾌한 주말 휴식을 마무리한다.

산책 또는 걷기

실내에서 공부를 하거나 독서를 할 때 집중이 잘 안 되는 경우가 있다. 그럴 때는 산책을 권한다. 산책을 하면서 해결하지 못한 문제를 떠올리다 보면 그 문제를 해결할 수도 있고, 어떤 일을 준비할 때 그 일을 위한 새로운 아이디어를 얻을 수도 있다. 이처럼 혼자 생각할 수 있는 공간에서 산책을 하거나 걷는다는 것만큼 생산적인 일은 없다. 반드시 혼자가 아니더라도 가족이나 연인과 함께 산책하거나 걸으면 서로의 관계가 더 돈독해질 것이다. 기왕이면 숲이나 둘레길을 선택하는 것이 좋다.

숲은 우리 몸을 치유할 수 있는 물질을 발산한다. 우리 몸에 도움을 주는 피톤치드(Fitontsid)라는 물질이 바로 그것이다. 피톤치드는 각종 매연에 찌든 대기를 정화하고, 부작용 없는 항생제 역할을 한다고 알려져 있다. 피부 자극 및 염증 방지, 소독 작용을 하는 것은 물론이고 신경 안정, 정신 피로 해소 등의 작용을 하는 것으로도 알려져 있다.

이렇게 좋은 물질을 발산하는 숲에서 가족과 함께 삼림욕을 즐기자. 산림욕은 나무들의 생육이 가장 활발한 여름철이 제일 좋다. 특히 날씨가 맑고 바람이 적은 날이 좋고, 피부의 땀샘이 열릴 때 그때가 효과적이다. 산 중턱의 숲 가장자리에서 100미터 이상 들어간 깊은 숲일수록 좋다. 힘겹게 산 정상에 오르지 않아도 되므로 온 가족이 함께 하기에는 안성맞춤이다.

독서하기

독서는 영상 매체와 달리 상상의 여지를 남김으로써 우리의 상상력을 자극하는 이점이 있다. 독서를 통해 상상력을 기르고, 생각의 폭을 넓힐 수 있으며, 인생의 멘토를 만날 수도 있다. 온 가족이 읽을 수 있는 책을 선정해 돌아가면서 읽고 각자의 생각과 느낌을 공유한다면, 여가를 선용하면서 가족의 화합을 도모하는 데 큰 도움이 될 것이다. 더구나 독서를 습관화하면 남보다 많은 양질의 지식을 쌓을 수 있고, 생각의 힘이 길러져 일에 있어서도 창의적으로 임할 수 있다. 사고의 폭을 넓히는 데는 독서가 제일이다.

휴식 체크 리스트

휴식은 단순히 쉬는 것이 아니라 생산적으로 일하기 위한 것이다. 여기에 실은 휴식 체크 리스트는 자신의 현재 상태를 점검하는 데 큰 도움이 될 것이다. 다섯 가지 항목을 읽고 자신에게 해당하는 번호를 고른 후 합산한 점수에 따라 자신의 상태를 점검해보자.

1. 규칙적으로 정해놓고 하는 운동이 있다.
(1) 매주 세 번은 꼭 지켜서 한다.
(2) 매주 두 번은 꼭 지켜서 한다.

(3) 매주 한 번은 꼭 지켜서 한다.

(4) 할 때도 있고 하지 않을 때도 있다.

2. 일에 대한 생각

(1) 쉴 때에도 일 생각이 떠나지 않는다.

(2) 쉴 때에는 일 생각을 가끔 잊기도 한다.

(3) 쉬면서 일 생각을 하지 않으려 애쓴다.

(4) 쉬면서 일 생각은 완전히 떨쳐버린다.

3. 주말에 만나는 사람들

(1) 일과 관련된 사람들만 만난다.

(2) 가족이나 친지들을 주로 만난다.

(3) 지인들을 만나 술을 마시거나 담소를 나눈다.

(4) 일과 관련 없는 사람들과 동호회 활동을 한다.

4. 생각 정리하기

(1) 집에서 혼자 생각하는 시간을 갖는다.

(2) 혼자 있을 시간 없이 사람들과 보낸다.

(3) 혼자 공원이나 강변을 산책한다.

(4) 등산이나 땀을 흘리는 활동을 하며 사색한다.

5. 휴식 후 월요일을 맞는 나의 상태는

(1) 월요일에 일어나기가 힘들고 출근하기 싫다.

(2) 출근하는 첫날은 종일 몸이 찌뿌듯하다.

(3) 출근 첫날 오전이 지나야 정상으로 돌아온다.

(4) 평소보다 더 활기차고 기분이 상쾌하다.

(1)번은 5점, (2)번은 4점, (3)번은 3점, (4)번은 1점으로 환산하여 10점 미만이면 올바른 휴식, 15점 미만이면 노동, 20점 미만이면 일중독, 25점은 병적인 상태로 판단할 수 있다.

이 휴식 체크 리스트로 현재 자신의 상태를 파악하고 이 책에 나와 있는 100가지 이야기를 하나하나 실천해보려고 노력한다면 세상이나 남의 속도에 맞춰 사는 것이 아니라 나의 페이스대로 나답게 살아가는 여유를 되찾게 될 것이다.

여유,
내 소중한 삶을
위로하는 시간

초판 1쇄 인쇄 | 2015년 4월 17일
초판 1쇄 발행 | 2015년 4월 24일

지은이 | 최복현
펴낸이 | 김세영

펴낸곳 | 프리즘마
주소 | 121-894 서울시 마포구 월드컵로8길 40-9 3층
전화 | 02-3143-3366
팩스 | 02-3143-3360
블로그 | http://blog.naver.com/planetmedia7
이메일 | webmaster@planetmedia.co.kr
출판등록 | 2005년 10월 4일 제313-2005-00209호

ISBN 979-11-86053-01-0 03810